风会吹开一朵花

李柏林 著

朝華出版社
BLOSSOM PRESS

目录 CONTENTS

003　起初,我只想拥有一本作文书
007　送自己一朵小红花
012　年少时,我也曾远行
017　谁不曾想当大侠
022　青春若有张长痘的脸
028　我也曾厌倦过自己
035　青春里的"10万+"
039　"我不配"的那些年
045　我们都曾迷恋抑郁范儿
050　"草莓鼻"的孤独青春
055　年少时的隐秘心事

第一章

起初,我只想拥有一本作文书

第二章

藏一枝春天在心里

- 063 藏一枝春天在心里
- 067 春天是最美的蹉跎
- 070 忽有春风心上过
- 073 一架葡萄,一架南风
- 076 一根萝卜的隐居
- 079 一畦春韭绿
- 082 莴笋之美
- 085 夏日蝇趣
- 087 白菜如初
- 090 围炉之趣
- 093 万物皆熬
- 096 雪画人生

目录 | CONTENTS

103　瓦罐的心事

111　安慰是个锔瓷匠

115　曾是书香照路人

118　扇炉子的哲学

121　书卷多情似故人

124　小镇邮局的旧时光

129　庭院深深记忆长

140　听风的人

148　无用之美

153　把心关上

156　匠心

第三章

瓦罐的心事

第四章

父亲头上的雪

163　父亲头上的雪
169　青春期的那场暗战
174　欠姥爷一碗牛肉拉面
179　半个面包的补偿
183　一碗荆芥手擀面
188　我的"摆烂"老爸
193　其实，馄饨不是饺子
198　夏日西瓜似月牙
202　栀子花开无须摘
211　迟到的雪花

目录 | CONTENTS

219　风会吹开一朵花

225　她是一堂离别课

230　一包烂草莓

234　神圣的巷子

239　君子报"仇"，十年不晚

244　无名书店里的诗和远方

249　谢谢你的信

第五章

风会吹开一朵花

第一章

起初，我只想拥有一本作文书

关键词

成长 青春 孤独 自卑

自卑的人,即便被喜欢,也只会省视自己的缺陷,纵容自卑作祟。得到爱的人怎么会相信爱呢?一个一无所长,怎么可能会有人爱我多年呢?想着这些,逃避也就成了勇敢。

起初,我只想拥有一本作文书

多年前,我在家乡的小镇读小学。这个镇,到现在还没有一家书店。

小时候,阅读资源匮乏。可是为了应付考试作文,老师早早地就开始教写作的套路了。

她要求我们每个人都要买一本作文书,每个星期都会抽出一节课让我们背作文。小学生的作文,基本是写人写事。每周背一篇,这样到期末考试的时候就不会面对作文题束手无策。

可是,每次我跟父母提起买作文书的时候,他们总说没有用。家里有很多名著,大人能看,小孩也可以看,而且还可以重复看。作文书太浅显了,只适合小学生看,还要去几十公里外的县城,他们觉得性价比太低了。

那个时候的我,并不会考虑那么多,只是觉得大家都有,而我没有,好像在起跑线就输给了大家。

下课的时候,听到班里同学谈论到作文书,我就很怕别人提到我,毕竟班里只有我没有作文书。

我的同桌好几次在作文课的时候,有意把他的书放在中间,说我们一起背吧,我都倔强地说不。我觉得那好像是在求他,以后若有矛盾,还要因为这件事让着他,我就低人一等了。

恰巧那个时候班里有个女生,每次作文课她都在那里声情并茂地大声朗读着、背诵着。那种从骨子里透出来的自信,就好像在说,我的作文书里的作文是最好的。

可是她到现在都不知道,是她一次次大声的背诵,解救了我。她那么大声,我不想听都不行。在那种极其渴求的状态下,她背诵出来的一个个句子、一段段话就是救命稻草。我不可能下课去找她借书,所以我恨不得在上课的时候满脑、满口、满心,都记住她说出的句子。

我不想让别人知道,我想拥有一本作文书。我只是想让人感觉到,我天赋异禀,我不需要作文书,我就是一本作文书。

我竖着耳朵听她朗读,琢磨着作文的架构,然后我再听听我同桌的,还有那些大嗓门同学的。最后,甲的开头，乙的中段，丙的结尾，自己再加上一些过渡的句子，这样一篇作文就出来了。

早自习的时候，老师一般都会让大家背诵课文，背完后可以读读课外书或者作文书，可是我除了课本也没别的书可以看。老师会在过道来回溜达，防止有同学睡觉和说闲话，而我却胆战心惊。

我害怕被老师问及，为什么一直背课文，为什么不背作文，我害怕老师和同学们都知道，我连一本作文书都没有。每次早自习我都用余光看老师走到哪儿了，我甚至在心里已经想好了答案，只要她问我，我就说课文写得好，想多背一点。

我只能让自己认真地背书，那样老师才不好意思打扰我。就这样，小学语文课本上的课文，我基本会背诵。直到现在我看见一些课文，还能立马背出里面的句子和经典段落，我想这得感谢那段战战兢兢的岁月。

后来，我发现家里有很多废报纸，我把上面自己认为好的文章剪下来，贴在日记本上，然后拿挂历的背面叠了一个书皮，在上面写上"作文书"三个大字。

老师表扬我，说我不像别的孩子背个作文还背不下来，我不仅背了作文，还背了课文，这么小就会做摘抄了。

她不知道，这些优秀都源自我的自卑，源自我想掩盖没有作文书的事实。

我还记得小学高年级，教室在二楼，下雨的时候，因为班里学生多，老师不允许把雨伞放在教室里，不然会把地上弄得湿湿的。我们统一把雨伞挂在走廊的玻璃窗下，一排排撑开的伞，如花般绚丽地开放，甚是壮观。

我旁边的男生每到雨天就迟到，他穿着一件改过大小的西服，带着一把竹子做的大黄伞，那种伞又大又笨重，每次他都不敢把伞放在走廊上。他把伞倚靠在座位中间，他的同桌多次抱怨，说要去告老师，他也会理直气壮地说，你去告啊。

如今，那走廊上的七八十把雨伞我都忘了模样，我甚至连自己的伞是什么样都忘了，可是我依旧记得那把黄色的雨伞。

因为我觉得我和那把雨伞很像，它不敢站在走廊上，就像我不敢站在人群中，生怕被别人看到不同。那个时候我觉得，如果我能和别人一样，就是幸运。

我想起那个同学，要在听课的时候忍受同桌的抱怨，要腾出一只手扶住雨伞，要理直气壮地反驳同桌，不过是想掩盖和别人的不同罢了，可那个时候我们都不具备承受独特的能力。

起初，我只想拥有一本作文书，想变得和大家一样。

 # 送自己一朵小红花

小时候，很多女孩子都会把头发扎成两个羊角辫，或者麻花辫，可爱得像一只小兔子，可是我却没有。

我的父母给我剪了很短的头发，短到皮筋都扎不住。他们觉得留长发，既浪费时间，又浪费精力，女孩子不要把时间花在打扮上，要花在学习上。

可是有哪个女孩子，不希望自己漂漂亮亮，长成一朵花呢？

小学的时候，学校举行文艺演出，因为当时我们一个班有一百个人，根本没有那么多演出服，所以一般只会选三十个人参加。被选中的同学每晚放学后都要排练，到天黑了才回家，而我因为头发短，长相普通，从来都没有入选过。

那时的我，不爱说话，性格也不活泼，因为心里生出很多的自卑，与在台上蹦蹦跳跳的她们有着极大的

反差。

我总会在那时踢着石子独自回家,夕阳下小小的我,突然有一种难过,觉得好像被班级排除在外了。我回家后吃饭,写作业,练字。我跟我爸妈说,同学们都在学校排练呢。父母安慰道,成绩好了同样会有人鼓掌。

后来那些同学在台上唱歌,台下掌声雷动。我坐在台下,像最不合群的叶子,觉得热闹都是他们的,我什么也没有。

学校希望孩子们尽量每人都能在小学阶段上一次舞台,可排到毕业都没有排到我。老师每次都会把头发短的排除,觉得短头发肯定会拉低整体形象的分数。可惜,我的小学阶段都是短发,而且我并没有出类拔萃的才艺。

我是一个整天埋头学习的孩子,可是在一百人的班里,成绩也只是中等偏上。那时候每次考试的前十名,老师都会把他们叫到讲台上,给他们的胸口别上一朵小红花,可我从来都是十名以外。

有的孩子长得漂亮,大人会说,这孩子长得多惹人爱啊,以后肯定会成为明星的。有的孩子成绩很好,大人会说,这孩子多么聪明,以后肯定是大学生。

而我，没有优秀的成绩，也没有漂亮的脸蛋，成了永远上不了台面的小孩。我有时候想，为什么我要生得如此普通呢？

还记得有一年冬天，天气很冷，我每天戴着毛线编织的帽子上学。每晚洗脸的时候，我都会偷偷把帽子取下来，看一看镜子中的自己。头发好像在温暖的帽子里长得格外快，而且没有人发现。我像藏起一个秘密一样，把头发全拢进帽子里。我想，等到过年的时候，再也不会有人觉得我是一个假小子了。我会变得好看一些，像很多女孩子一样！

我是多么讨厌别人看到我后说，还以为是个男孩，没想到是女孩子啊！

我开始攒钱，还经常去逛街头的那家精品店，看那里最漂亮的头花。我想，毕竟正月是不能剪头发的，等到正月，帽子里的头发就能扎起来了，我要戴上最好看的头花。

寒假里，我一直戴着帽子，甚至半个月都不敢洗头，因为我怕他们在我洗头的时候看到我的长发。眼看正月快到了，我偷偷跑到街上买了我早就看中的头花。我将它们藏在枕头下，像种在梦里的种子，每晚幻想着我戴上它们，接受大家的夸赞和喜欢。

可是我妈还是发现了我的秘密,她说过年要洗帽子,一把摘掉我的帽子,看见了我快要齐肩的头发。她怪我肯定是把心思花在头发上,才没考进前十名,才没有奖状,如果不剪,成绩肯定会更差。她拿着剪子一剪刀一剪刀剪掉了我蓄了好久好久的头发。

我的眼泪也随那些头发落下,但是一切都只能是无声的抗拒。我又继续戴起了帽子,遮住那参差不齐的短发,好像遮挡的是一片荒野,那也是我内心的荒野。而那对头花,被我一直藏在枕头下,无人知晓。

我既没有优秀的成绩,也没有长长的头发了。那年,我一点都不想走亲戚,我想缩进那个帽子里变成一朵蘑菇,就那样盘踞在长满青苔的墙根旁,无人问津。

我一直在等长大,长大后,我就会变得自由,我也许就不会在乎这些了。

到了初中,我也没有拥有很长的头发,反而身高直接长到了一米六五。因为身高,我只能坐在教室的后面,加上初中的数学越来越难,我学得越来越吃力了。除了身高,我好像什么都落在了人后,我突然觉得,长大也好孤独啊!

那几年流行大头贴,好多同学都约着周末去拍照,只有我一次都没去过,我不想让时光记住我短发的样子。我也没有再去逛过精品店,我觉得,我再也配不上一朵花了。

上了大学后,我掌握了自主权,再也没剪过头发,我开始参加各种社团,拿各种奖学金。身边的人都夸我长相可爱,还很聪明,而我却已经不在乎别人的赞美了。

那些童年的遗憾,直到我长大了,才得以实现。我曾努力想用这些言语填满我贫瘠的童年,可惜,我不曾收到一句。后来,我习惯了待在自己安静的世界里,一个人不紧不慢地赶路。有时候我会想,如果当初我不是那个站在台下毫无光芒的孩子,我还会记得自己对一朵花的渴望吗?我还会记得夕阳下的孤独吗?我还会有如此细腻的情感吗?

小王子说,正是因为你为你的玫瑰花花费了时间,才使你的玫瑰花变得如此重要。因为童年我没得到那朵小红花,所以我才在日后孤独的时光里学会了为自己种花,为自己鼓掌。

我想肯定有很多人的童年跟我一样,他们永远在台下,没有鲜花和掌声,普普通通。但是他们依旧在寂静的岁月里,为自己种一朵小红花,送给那些年没有停止过奔跑的自己。

 年少时,我也曾远行

小时候,我从未出过远门,每个寒暑假,都在家做着永远也做不完的习题。每次看到开学时,同学们讲那些在外地的故事,我就很羡慕。

那时,我爸在杭州打工,虽然我经常打电话跟他说,我想去他那边待一待,可收到的总是拒绝。他觉得我还太小,而且假期也应该以学业为重。

十二岁那年,我小学毕业。面对漫长的假期,我妈也觉得我处在一个比较闲的阶段,于是带着我去杭州看我爸。

那是我人生中第一次出远门。以前我都是在电视上看到杭州,加上当时爆火的电视剧《新白娘子传奇》为它加了一层滤镜,所以我对这座城市充满了好奇,也因此在那边度过了一个非常难忘的暑假。

回到老家后,我升入初中。面对新学校和新同学,

第一章 起初,我只想拥有一本作文书

我像变了一个人一样,不再胆小怯懦,反而多了一些自信。开学后的作文课上,老师会问大家暑假有没有出去玩,我立马举手,说我爸带我去杭州旅游。于是,我开始给大家讲我在杭州遇到的事情。

我讲的才不是雷峰塔是什么样子,也不是西湖多么漂亮,而是一些离奇故事。比如,有一次,我妈让我去买小笼包,结果我分不清东南西北,走错了方向,然后迷了路,我爸他们公司所有的人都帮忙找我,最后还是通过警察才找到了我。比如,我爸在那边给我报了好几个兴趣班,我遇到一个男生跟我关系很好,他出过国,还会讲好几个国家的语言,说长大了请我出国玩。

同学们听了之后,都瞪大了眼睛,觉得我在杭州的生活太精彩了。下课后,他们好像还意犹未尽,都挤到我的桌子旁,让我再讲一讲在杭州的故事。

那时候,我的同桌叫小艾,据说她的父母都在上海做生意。开始的时候,她还用怀疑的眼神看着我说,你这是编的吧?可是想一想,她也是在大城市待过的人,我可不能被她比下去,于是理直气壮地说:"你没经历过,怎么能说它是假的?"小艾看我如此笃定,也渐渐相信了我,成了我的头号"粉丝"。

有时候,也有人会问我同桌:"小艾,你的父母

不是在上海吗？你放假都干吗啊？"她就会挠挠头说，帮家里干活，便不说话了。大家也不再问了，让我接着讲。于是，我更加卖力地跟大家说着。其实那时候我的心里太高兴了，没想到，杭州的故事比上海的故事还要吸引人。

那场远行，让我成了班级里的风云人物。同学们都觉得我是见过世面的人，班里的很多事情都要过来听听我的意见。甚至有人说，我可能会去杭州考试，只是暂且在这边上学。所以大家都喜欢跟我交朋友，让我去了杭州千万别忘了他们。而我也没有做出任何澄清，人生的事情，谁能判定以后去哪儿呢？

初中毕业后，大家都各奔东西。也没有人真的关注我到底有没有再去杭州，年少时的那场旅行也渐渐被别的故事盖过。

前不久，一个同学拉了群，那些散落在全国各地的同学，又通过网络聚在了一起。我也碰到了小艾。

她还是跟当年差不多，性格比较内向，不喜欢说话。互加了好友后，我们开始回忆过往，她说："上学的时候真羡慕你，小小年纪就见了那么多世面。"

她不知道，我的那些"世面"都是因为她啊。刚开学的时候，我看见学生情况表上，她写着父母在上海做生意。想想我爸还在别人那里打工，心里顿时觉得矮了一截。那时的我好害怕因为跟她是同桌，被同学们拿来做比较，所以虚构了一场特别的远行。

我还记得那年，我们坐了一天一夜的大巴车才到杭州。然后直接去了我爸租的房子里，他每天都要出去跑业务，我和我妈人生地不熟，根本就不敢去太远的地方。唯一去过最多的地方，就是楼下的菜市场。

我也没有朋友，唯一见过的同龄人就是房东的儿子，一个胖胖的男孩子。每次他跟我说话都说普通话，我怕他听见我的方言，都羞于开口，只能次次跑开。

我也从来没有报过什么兴趣班，只是每晚都能听到房东的儿子在楼上弹钢琴，而我却只能在那间没有电视的出租屋里，百无聊赖地翻着带过去的几本故事书。

直到要离开的前一天，我爸才请了假，带我们坐公交车围着杭州转了一圈。他在车上给我指着，你看那远远的湖，就是西湖。你看那不远处的塔，就是雷峰塔。我便在那辆公交车上，完成了人生的第一次远行。

回去后，我不断美化这段经历，让它看起来更精彩一些。与其说这是我第一次出远门，不如说这是我的第一篇想象作文。

我告诉小艾，其实我到现在都不知道西湖在哪里，也没去过雷峰塔，更没有学过钢琴。我只是害怕，坐在我旁边的她，看穿我即使去了大城市，也不过是换了一间房子待着的小镇姑娘。所以我想了很多故事，为自己虚构了一场浪漫的杭州行。

小艾听后，却告诉我，她其实小时候从来都没有去过上海。虽然父母在上海，但是他们很忙，一直由爷爷奶奶照顾她。可是同学们都那么认为，所以她从来不敢澄清，她也不敢吹牛，生怕露馅，觉得我敢说那么多，肯定真实。

听完她的话，我突然觉得，年少的时候，谁不是怀揣着自己的小心思，害怕被人看轻呢？如今那些心事已经微不足道，但是那时的我们，却总预感会有一场海啸，将我们置于风雨之中。于是我们认真地打造一枚漂亮的贝壳，将自己小心翼翼地藏在里面。

我想，如果有机会，我一定要去一趟杭州，去看看那些地方，是不是如我年少时想象的一样。

 **谁不曾想当大侠**

初一的那个暑假,我迷上了武侠。

在那段燥热而漫长的夏日时光,我只能通过看电视来消磨时光。那时候,各种武侠片占据着暑期档,对于十几岁的孩子来说,看到电视里的快意恩仇,不禁心驰神往。

我当时羡慕极了电视剧里的大侠,可以行走江湖,来去自由,还身怀绝技,不用上学。于是暗自下定决心,如果我长大了,一定要行走江湖,做个侠客。

行走江湖的第一步,就是得有点功夫防身。从那时起,我就偷偷习武。为了更加正式一些,我偷了我爸的笛子,做我的武器。只要电视里的人开始打斗,我就开始拿着笛子跟着镜头练习,一个转身,一个飞踢,然后想象自己就那样轻而易举制伏了敌人。

大侠就要有大侠的风范。于是我在额头前留下来两缕头发,当我甩头时,两缕头发也随之起舞,看起来酷极了。那时我天真地以为,我和大侠之间,只缺一件仙气飘飘的外袍。

初二开学后,同学们都开始讨论起武侠。原来,大家都有行走江湖的打算啊。我立马有了危机意识,决定要勤加练习,不能让这些人日后动摇了我在江湖的地位。

在学校里,我总是装作一副与世无争的样子,在座位上看看诗词,写写文字。只有我自己知道,我希望以后行走江湖时,让别人觉得我是个饱读诗书的侠客,而不是胸无点墨的莽夫。即使我的英语很不好,我也不以为意,试想有哪个大侠从天上飞下来,开口第一句是"How are you"呢?

可是放学后,我就会抓住一切机会去练习。回家的马路旁有很多花坛,花坛被砌起来一个台阶,每次放学回家,我就走在台阶上,练习身体平衡,若是从台阶上掉下来,就再走上去继续练习。我想,若是我练会了轻功,日后去哪里都不用骑车乘船了,直接在空中飞,在水上漂。

每晚下了自习,我还会借着月色在院子里练上半小时的武功。那时候,大人都睡着了,院子里还种着树,甚是隐蔽,我开始在院子里踢腿,转圈,把树当作敌人,对着它比画。我甚至幻想着,因为我的勤奋,天上会掉下来一本武功秘籍,或者我会遇到一个世外高人将武功传授给我。

班里的其他同学也都在为了行走江湖努力着,为此,他们组建了很多武林派系,比如古墓派、峨眉派、华山派……下课的时候,他们还经常聚在一起切磋武艺。比试的内容就是在墙面印上自己的脚印,谁踢得最高,说明谁功夫最好。女生一般在一旁围观,男生们害怕在女生面前丢了脸,一个比一个踢得卖力。我想,假如他们能练个三年五载,肯定就能飞檐走壁了。

相比之下,女孩子的练习就会温柔许多。我有个同学叫小杨,平时喜爱看书,她告诉我们,电视剧都是改编的,她暑假买了各种武侠书学习。对于没有见识的我们来说,那就是武功秘籍啊。我们问她有什么收获,她指着自己的穴位,说自己在家没事就打坐,寻找自己的穴位。我们看到电视剧里有的人一被点穴,就成了哑巴,甚至七窍流血,都觉得她是个隐藏的大侠。从此以后,大家都对她毕恭毕敬,不敢造次。

而另一个同学小汪有着长长的指甲,只要一挠人,那人手背上便会立马惊现两道长长的划痕。男生只要惹到了她,她就会伸出手指。男生大呼,原来这就是失传已久的九阴白骨爪。还有那些一指禅、嫁衣神功……大家装模作样地出招,又装模作样地受伤。

那时,我们知道这一切的努力,都是为了行走江湖。而行走江湖,当然是为了行侠仗义。

有一次,我们班一个同学被隔壁班的同学欺负,消息传回后,那群侠义之士都坐不住了,发动着要去隔壁班讨个说法,找回班级颜面。我当时胆小,害怕被老师批评,一直不敢表态。同学在背后直接给了我一记"降龙十八掌",说:"我们行走江湖,不就是得仗义吗?如今同门有难,岂能不帮?"我想了想,觉得很有道理,忙叫他去的时候加我一个。

第二天,班上几十个人浩浩荡荡地去了,颇有武林群雄去参加华山论剑的架势。只是还没开始理论,对方便直接吓得喊着"大侠饶命"。打那之后,我越发觉得做一名侠客是多么拉风的事情啊!于是,闯荡江湖的想法更强烈了。

初中毕业的时候,大家面临着分离,都喜欢在同学录上写:青山不改,绿水长流,我们江湖再见。可是江湖在哪里,谁也不知道。

可惜进入高中后,所有门派就此打散,大家都忙着学习,也没空一起比试,我们的江湖梦也就此作罢。

很多年后的一天，有位朋友跟我提起，他上初中的时候特别喜欢看武侠小说，喜欢那些大侠的风骨和正义。如今他没有成为侠客，却成了一名维护正义的记者。我才发现，每个人的中学生涯都有一个武侠梦。我突然想起那段想仗剑走天涯的岁月，想起那曾经练过的武功，才恍然大悟，原来江湖，一直都在我的脚下。

年少时，谁不想成为大侠呢？明明知道自己未必能成功，却为了那一丝可能，仍然夜以继日地练功。想想如今的我们，又何尝不是身处江湖之中呢？一直苦练着自己的功夫，坚守着自己的初心，明知道江湖险恶，却总想带着那一点"武艺"闯一闯，才不枉走这一遭。

我想，也许有一天我也会练成属于我的"绝世神功"，倘若哪天我真的成了"大侠"，还是希望在江湖的下一个路口，与我的那些同门见面，道一声："大侠，好久不见！"

青春若有张长痘的脸

高三的时候,随着学习压力的增大,我的脸上开始凸起一个个痘痘。我曾经梦想着长大,但我没有想到,伴随着长高、长大的,还有满脸的痘痘。

那些痘痘,就像雨后潮湿的墙角长出来的青苔,此起彼伏,只要一上火,便会冒出来几颗。而那个时候,我唯一能做的,就是用手挤。

我经常在下课后,对着小镜子拿手挤一个个脓包,可结果并不理想,痘痘反而像病毒般蔓延,更加肆虐地疯长起来。

我的额头也开始摸起来扎手,凸凹不平,混合着已经冒出来的痘痘和即将冒出来的痘痘。我开始留厚重的刘海,为了能够将其遮挡。我开始变得烦躁,总是喜欢一个人独来独往。

我以为上了大学就好了,可是上了大学后,我的痘痘并没有得到改善。同学们都开始学化妆，一张张精致的脸让人欣羡。素面朝天的我，更不敢和一群精致女孩走在一起。因为痘痘，我变得异常敏感自卑，我就像不敢过街的老鼠，总是披着一头长发，不希望被人关注。

我到处看医生，中医西医都不落下，喝中药喝到整个脸浮肿。我的购物车里，永远躺着药膏，别人"双11"都是熬夜抢购衣服、囤化妆品，而我一般都是抢药膏。

我也不敢顶着大太阳出门，因为那样会让我的痘痘更加明显而刺眼。我白天在宿舍看化妆博主的各种测评，研究如何画出裸妆感，让别人以为我的皮肤是天生底子好。可每次出去逛街，我都选择在晚上，再化上厚厚的妆。在昏暗的灯光下，一切都柔和起来。

我羡慕身边的那些人，精致的女孩被男朋友牵着过马路，胖胖的女孩可以在一阵小跑后，脸色白到发红。她们勇敢而自信地展示着自己的脸。而我只会在四下无人的时候，拿出手机自拍，然后用半小时时间小心地修掉脸上的痘痘，假装我的脸就长那样。

这场"战痘"从高中到大学毕业都没有结束，我硬生生地把二十岁的青春过成了五十岁的生活，天天刷养生公众号，保温杯里放枸杞，坚持着"冬吃萝卜夏吃姜"的各种饮食习惯。可那些痘痘还是如雨后春笋一般，一茬接一茬，偶尔有一个季节"环境不好"，没关系，它就准备准备，下次再来，就好像我把它们养得很好。

而我也因为试了太多药物，变成了敏感性肌肤。春天柳絮过敏，夏天花粉过敏，秋天寒风过敏，冬天好不容易万物冬眠，想来一杯奶茶，结果我对烧仙草过敏。一年到头，痘痘换着不同的理由，对我不离不弃。

我不死心，又开始尝试靠着不吃药的方式，改变自己的肤质。我在网上看到一篇文章，说人之所以起痘痘是因为排汗太少，多出汗排排毒就好了。

于是我开启了夜跑的生活，立志少吃多动，排毒养颜，变瘦变美。当我开始跑步后，我发现夜跑的生活如此丰富，路边全是烧烤摊，我每次都是饿着出门，饱着回来。因为半夜吃了太多烤串，毒素没有排掉，反而上火起了更多的痘痘。我只能感叹，每一个不食人间烟火的减肥者都会败给人间烟火。

这个方法行不通，我只得另求偏方。我一个朋友说他有偏方，我迫不及待地跑到他单位楼下等他。

他告诉我，茶叶是下火的，体内上火，需要内调，可是我这个火已经在表皮上了，需要内外根治。他也曾经起痘，就是敷了茶叶，才有了现在的好皮肤。我看着他白白净净的脸，半信半疑，但是觉得证据就在眼前，不妨试一试。我找借口说回家写稿子，赶紧回了家。

回家后，我开始烧水泡茶，我从未有一次能像那时一般，那么虔诚地观察信阳毛尖。看着一个个嫩芽在沸水中翻滚、绽放，茶汤干净清澈，我也在幻想我的脸也可以如此干干净净。我等待着一杯茶凉，觉得等了一个世纪。我还记得他说过，茶叶水可以把睫毛变长，于是我躺下，把茶叶均匀地铺在我的脸上，就像晒稻子一样，先扒拉平整，等着茶叶在我脸上变干。我闻着茶叶的清香，想象着我吸收着它们的营养，就像电视里妖怪吸食人的精气变得貌美一样。我闭上眼睛冥想，幻想着揭掉的那一刻，我变成一个皮肤光滑、睫毛纤长的小姑娘。

取下来的那一刻，我确实感觉皮肤上的痘痘开始变得暗淡了，并不像以前那样红得刺眼。我连续敷了三天，果不其然，我过敏了。

接下来的一段时间，我只能戴口罩。再次见到朋友，我没敢告诉他，我试过他的偏方。我只是说，来的路上，柳絮糊了我一脸。

他又开始给我支着儿，告诉我过敏就要用芦荟胶啊。我吐槽道,用了很多芦荟胶,我都已经对芦荟胶免疫了。他告诉我,那芦荟胶有效成分含量少,一瓶子也许就几克而已,效果当然不明显了。我当时立马想到超市里蔬菜区的顶上,挂着一棵巨大的芦荟,还被人割去了好几片。

回去后,我又买了芦荟茶,芦荟的零食,然后嚷嚷着让超市的服务员割了一小节芦荟给我。我决定加大芦荟的剂量,开始抗痘。而这次,依旧没有取得什么良好的效果,又是以失败告终。

我一次次地反复实验,在实验中萌生对未来的憧憬,又不断失败。那些年,我的内心就像一颗需要好好呵护的痘痘,敏感且脆弱。

在青春最美好的年龄,我也有喜欢的男孩子,我也想像所有的偶像剧情节一样,踮起脚,昂着头对他笑。而我却不能,我没有一张光滑的脸。每次见到他,我都要在心里丈量两米的距离,对他说你好,然后假装有事地跑开。

我不敢太出类拔萃,甚至凡事不敢太优秀,我害怕别人说:瞧,就是那个满脸痘痘的女生。我在学校的校刊上发表文章只敢用笔名,我害怕有人会因为文章关注到我,进而破坏了他们对一个作者的幻想。

甚至听到别人经常随口说的一句，你怎么起痘痘了，我都会不知所措，就像我在青春的路上，做错了什么事。

直到有一次，我在路上看到一群穿着校服的学生，其中也有长着青春痘的孩子，可是身上却散发着令人欣羡的少年意气。我突然有些遗憾，想起那个青春年少时都低着头独自走路的女孩。也许，她曾美丽，却不自知。

虽然那些年错误的偏方让我留下了痘印，但是我也渐渐地不再过分关注自己的外在，我也学会了接受自己的不完美。反正改变不了这个现实，就修修内在吧。

我不断地充实自己，我的文章也一篇篇被印成铅字。我用一个个故事虚构了另外一个我，时而多愁善感，时而幽默热情。虽然我没有那美好的容颜，但希望别人能在书中，发现一个有趣的我。

而在那段阴晴不定的青春里，长痘成了我一段特殊的经历。如果我早知道青春有张长痘的脸，我一定要扎起高高的马尾，穿着宽大的校服，和同学们开心地走在路上，迎着朝阳，拥抱夕阳。我会站在喜欢的男孩子面前说"你好"，我会直视别人质疑的眼神。因为，即使是长痘的我，也是我青春的主角。

 ## 我也曾厌倦过自己

高考结束后,我进入了放飞自我的阶段。

高考之前,我的神经几乎每天都绷得很紧,文科总有背不完的书,做不完的题。那些夜晚,我打着手电筒在被窝里背书,灯光似乎吸走了我身上的精力。等到高考结束,我身体的每个细胞都进入了罢工的状态。

毕业后,我们只做了一件事,就是吃遍所有的同学家,每天我们都会在QQ群里联系,合理分配,根据距离远近,计划第二天去谁家胡吃海喝。

我还记得,那夏日的清晨,总有男同学等在我家的楼下,骑车载我,驶过一条条绿荫小道,一间间农舍,浪漫而文艺,虽然他只是我的搭档。同学家杀鸡宰鸭,甚至有细心的女孩,提前两天会在群里让每个同学报一个菜名,让每位同学都吃到自己的最爱。

我想,毕业给我的最大礼物,就是经历了两个

月后，彻底让我从一个体重不过百的人，吃得超过了一百斤。

我想大学的日子肯定不好过，背井离乡，远离故土，水土不服，大学考核，社团活动，还有那残酷的军训，肯定会让我心力交瘁，骨瘦如柴。不如现在放心地吃，等进了大学再克制吧。

可是进了大学后我才发现我的想法太天真，军训太累了，只有中午吃饱饭，才能让我有力气参加下午的训练。进了大学后，我觉得食堂三层楼的阿姨，都在跟我招手，笑容可掬，让我不忍拒绝。我从头疼每天吃什么的问题，变成了头疼一天吃几顿的问题。军训活动量太大，只有想着吃饭才能够坚持下去。每当踢正步的时候，我就在想，今天去一楼，还是去二楼？每当站军姿的时候，我就在脑海里问自己，吃面条？吃米饭？吃馄饨？吃炒面？把想吃的东西默数完，站军姿就结束了。所以像我这种安之若素的人，也不觉得军训难熬，我一直以为军训那么累，我的卡路里都消耗掉了。谁知道，军训后，所有的人都黑了瘦了，只有我，还是白白胖胖的，甚至因为白，视觉上又宽大了一倍。

我觉得这样不行，我得锻炼，胖子是没有未来的。一天傍晚下了课，我开始了跑步，那是我第一次在晚上出了学校的大门,第一次看到了学校大门外的新世界,一排排的小吃摊鳞次栉比,太震撼人心了。小吃摊微弱的灯光照亮了我跑步的路,我戴着耳机,跑啊跑,越跑越腿软,我觉得那些鸭脖、肉卷饼、烧烤、炸串,都在向我招手,让我不忍离去,一步一步向它们靠近。我突然觉得人生应该活在当下了,青春年华,喝酒吃肉,磨磨叽叽干吗?青春就要干脆一点。等吃完了炸串、吃完了烧烤,我才想起我是出来减肥的,我赶紧跑到超市买了一瓶酸奶刮刮油,然后一路小跑跑回寝室,在心里默念:虽然结局出人意料,但是我的初衷是好的。不忘初心,方得始终,初心易守,始终难求,我今天很棒,做到了前三句,明天再解决第四句。

每晚的跑步,变成了每晚与理智的厮杀,与美食的邂逅。不到一个月,我对学校附近各家美食的位置和老板都熟稔于心,并与他们建立了深厚的友谊。一次,我去一家馄饨店吃馄饨,老板怕我吃不饱,连汤都不给我,硬生生给我整了一碗干货。

那个时候的我,好像对美丽没什么概念,不懂得化妆打扮。一年四季背着书包,穿着牛仔裤、帆布鞋,也从没买过口红,因为我害怕我误吃了会中毒。我以为我会一直做一个快乐的小吃货,可是那晚班花的话,让我

开始厌恶自己了。

我们班的班花的生活跟我的生活截然不同,她长得就像一件工艺品一样,穿着高跟鞋、超短裙,化着精致的妆,步履从容,很多男生都喜欢她。当她跟别人谈恋爱的时候,我在烧烤摊;当她跟别人约会的时候,我在炸串摊。她把青春全部奉献给了爱情,就像我把青春奉献给了小吃一样。

大概男孩子都喜欢漂亮的吧,如果有才又漂亮就更好了。那天,我走在她的身后,听见她男朋友问她:"听说你们班有个女孩写作获奖了,为什么没有听你提过呢?"只听见她不屑地说:"她又土又胖,会写有什么用呢?别人是跟她的人生活在一起,又不是跟她写的东西!"她男朋友马上附和说:"难怪写东西,原来是长得丑不敢出来见人啊!"

我听了这话,心里咯噔一下,手里的糖葫芦掉在了地上,原来我在别人的眼里是这样的啊。

那段时间我特别厌恶自己,觉得自己又丑又胖,就算减了肥不过也是一个丑瘦子,不可能像班花一样,肤白貌美大长腿。我还不会化妆,小小的眼睛,圆圆的脸,加上近视,一眯眼睛,像一个大盘子上的两颗小蝌蚪。我穿衣也邋遢,土里土气,一头卷毛,像一条流浪狗一样。我开始一个人独来独往,不敢去人多的地方。

颓废了一阵,心情郁闷,食之无味,又生了反骨,既然无味就更要吃,吃了又后悔,我在这种自暴自弃的道路上越走越远。

突然有一天,我想通了,又开始了减肥。我把保鲜膜贴在身上爬楼梯,可是效果不是太明显。别人跟我说吃黄瓜能减肥,我就从超市买了很多黄瓜,一天三顿吃黄瓜,吃到味同嚼蜡,最后闻见食堂的油烟味都觉得要醉了,瘦是瘦了一点,可是一吃东西立马又反弹了。后来一个朋友告诉我用意念减肥,每天在心里默念"我要瘦,我要瘦",这近乎算命求佛的方式,说是呼唤身体每一个细胞,就可以达到减肥的效果,可是我的细胞好像都沉睡了。

当我每次禁不住诱惑吃了烧烤,我都希望老板给我的是不新鲜的,或者是不卫生的,那样吃完就可以拉肚子,拉肚子就等于没吃。多少次在奶茶店门口徘徊,我都告诉自己,要抗糖,不然一杯奶茶下肚,一周的坚持就没有了。

为了方便减肥,我把食物的卡路里数都记下来,只选择吃低卡路里的食物,或者单一的食物。学校食堂的"千里香"馄饨汤多味道美,是个不错的选择。于是我每天中午和晚上就吃一碗小馄饨，过了肉瘾，就再也不吃别的东西了。

这样坚持了半个月，我瘦了十斤，我高兴地继续吃着小馄饨，迫不及待地跟老板分享我减肥成功的喜悦，我说：吃了你们家的馄饨我瘦了十斤啊。

那些年，我一直在和减肥做着抗争，虽然瘦了一些，却一直没有瘦回曾经的样子。但还好，在减肥的过程中，我知道了人生虽然需要节制，但也需要接纳，承认自己的不完美。也许我一辈子都不可能有班花那么漂亮，但是，我可以活得漂亮。既然没有人和我谈恋爱，那我就写稿子；既然没有约会，我就一个人去旅游。

就这样我渐渐释然，不再那么厌倦自己了。

毕业几年后我又一次遇到了我们班的班花，上学时候的闲情已经逝去，包括爱情。她还是那么瘦，只是脸上没了色彩，那些年，她唯一带出校园的，就是漂亮了，可是漂亮真的那么有用吗？

我承认，这个世界上漂亮的人有着得天独厚的优势。可是在我眼里，漂亮是把双刃剑，让有的人在受到万众瞩目的同时，也夺走了他们的自卑，让他们忘了努力，人总是在走完一段自己独走的路后，才会成长。那一刻，她在我眼里，除了瘦，再无美丽。

可是真正的美丽，不只是瘦，还有自信、阅历，以及与世界和解的那份从容。

我想起青春里，我的那些自卑，我的那些沮丧，是多么可笑。而我又突然想感谢上苍，让我曾厌恶过自己，才终究没有辜负时光，发现这人生的美，不止一种。内心从容，不断逐梦的人，才最美。

 ## 青春里的"10万+"

我上高中的时候,网文开始流行,几个大型的文学网站特别火。于是很多同学下课聚在一起讨论那些网络作家、疼痛文学。而我每次都趴在桌子上,对那些毫无兴趣,直到有一天同桌问我:"你知道会打伞的鱼吗?"

会打伞的鱼?这个名字一听就很奇怪,鱼明明在水里,为什么要打伞?我很不理解,但是这却激发了我的好奇心。

那时QQ空间盛行,就如同现在的公众号一样,有一群写日志的作者会在上面发布文章。QQ有一个空间中心,会有各种类型文章的排行榜,点击率高的文章就会被排在榜单上。这个"会打伞的鱼",便是一直霸占着情感日志榜单之首的作者。

那些榜单上的文章类似于现在的"10万+"爆文,

但与现在不同的是，那时候的文章并没有广告植入，也不是心灵鸡汤，更不会贩卖焦虑。那些混迹于网络的写手，大抵是真正热爱写作，把文字当作一种生活追求的人。

我因为这个特别的名字记住了这个作者，进而关注了她的作品。她的那些文章用现在的话来说，就是青春疼痛文学，但是却让我看到了不一样的青春，比如单亲家庭的不幸，还有懵懂青春的遗憾。

在那段贫瘠的青春中，我迷恋上了她的故事，也成了她的铁杆读者。每到周末，我回家的第一件事就是打开空间中心，看她的文章在排行榜上的排名。然后把她的文章打开又关上，给她增加阅读量。最后给她评论，让她成为榜单上的"10万+"。

那时没有什么粉丝群，她定期更新，我也一次不落地追着。后来一次偶然的机会，我加了她的QQ，但我却一直没有给她发过信息。说到底是胆怯，我像是一个偷偷在台下看她发光的小孩，害怕说错话会被删掉，害怕话太多会引起她的厌恶，害怕发信息会打扰到她写作。所以，我只是默默关注着她。

但是好景不长，不久很多人转头去写博客，QQ空间渐渐萧条了，索性就取消了榜单。那一群写空间日志的作者也都不知去向。她也因此换了网名，锁了空间。

可在我心里，她是最会讲故事的人，也是最有写作天赋的人。我很害怕她会放弃写作，那样我就没有好的故事看了。于是，我鼓起勇气给她发信息，却没有收到消息。

后来，她清理了QQ好友里所有的读者，也从我的通讯录里消失了。网络世界的东西，只要一删除，就什么都没有了。我曾想过，她是不是转移了阵地。我去过天涯论坛，去过新浪博客，都没有找到她。

我知道，这个作者应该不会再写了。可她的故事感动了那么多人，为什么要放弃呢？如果是我，我肯定会一直走下去的。

于是，我把自己的网名也改成了"会打伞的鱼"。我想，我不会忘记她空间里万人点评的景象，我也要成为像她那样会讲故事的人。

我开始不停地写，将自己浸泡在一个又一个故事中，一直写到发表。有时候，我会在写作的时候想，如果我早一些认识她就好了，我肯定会鼓励她写下去。如果她能一直写就好了，那我们一定能成为很好的朋友。

虽然我们之间没有说过一句话，但是我却是通过她，发现了文字的魅力。我见证了她曾经有多么闪亮，那些光,照亮了我贫瘠的青春,也照亮了我写作的梦想。遗憾的是,她什么都不知道。

如今,我携着我的那些故事不断地奔赴别人的青春,可她的那些故事却永远定格在了我的青春里。如果有一天我们能相逢,我一定会告诉她,我记得她的高光时刻,那是我青春里永恒的"10万+"!

# "我不配"的那些年

1

我曾经觉得自己是靠幸运走到了现在,很多时候都是作为最后一名挤进了队伍。

十七岁那年,我收到了人生中的第一个杂志采访的邀请。编辑找到我的时候,我再三核实信息,因为除了开心,更多的是害怕。我去看了那家杂志采访其他青年作者的文章,我很害怕我夹在他们当中,被别人认为是个意外。

编辑说采访稿要放照片,可是那时,我觉得自己并不好看,从不喜欢拍照,连张像样的照片都没有。我甚至觉得,自己没有一件衣服适合拍这张如此重要的照片。寝室有个温州的同学,衣品在同学眼里也算是紧跟潮流了。我找她借了一条墨绿色的裙子,尽管那条裙子

我穿上并不合身。可是我觉得，只有那样的衣服才配得上杂志。

后来那期杂志发行，编辑要给我寄样刊，我客气地央求编辑能不能给我签个名。当时那个编辑都愣住了，笑着说，一直都是别人要作者的签名，第一次碰到要编辑签名的作者。

他肯定不理解我的心情，我当时觉得作者那么多，偏偏他发现了我，我是多么幸运！觉得这是一种知遇之恩，我肯定要一辈子感激他啊！

然而这次采访过后，我并没有跟我的伯乐继续联系，甚至再也没有给他投过稿子。不是不想，而是不敢，我害怕后来的稿件质量不高，让他觉得当初真是采访错了人。

那时，遇见自己很感激的人，都不敢去表现自己，反而觉得远离会带来一种安全感，只得把这种感激放在心里一直珍藏。

2

后来我一直没有停止写作，十九岁那年，一位编辑告诉我，一些青春作家刚刚崭露头角，出版社决定出一套青春文学作品集，问我有没有兴趣。我想都没想就拒绝了，怎么可能是我呢？我稿子写得不好，发表的作品量也不多。

但好在编辑一直鼓励我，觉得我应该抓住这么好的机会，勇敢尝试，让我在截稿之前抓紧时间写。我在自我怀疑的心态下完成了自己的书稿，心中暗想，如果我能选上，那应该就是中彩票了吧！最后确实选上了，可是因为稿件被排在了后面，出版社只出版了前二十本，而按照交稿的顺序，我正好是入选的第二十六本，作品最终也没有出版。

对于这样的结果，我没有伤心，反而暗自松了一口气。或许对于自卑的人来说，失败比成功更容易让人接受，也更安全。

3

大学时期，学院经常举行文学活动，我因为喜欢写一些小文章，再者可以加学分，经常参加这类活动。一次征文比赛，我恰巧拿了第一。在颁奖典礼上，我遇见了一个男孩。

他是播音系的，是当时典礼的主持人，通过这次颁奖，我们相识。后来我去参加了播音系的小课，经常与他碰面，也渐渐地心生好感。可当他跟我间接暗示喜欢我的时候，我却逃开了。其实不是不喜欢，只是觉得，如果被那样一个在镁光灯下的人发现自己有那么多缺点，然后再分手，是多么残忍的一件事情啊！倒不如在别人那里成为一道白月光。

自卑的人，即便被喜欢，也只会想，自己何德何能，能成为别人的偏爱呢？我一无所长，怎么可能会有人爱我多年呢？想着这些，逃避也就成了勇敢。

4

我一直都是这样，在人群中偷偷地努力，显得自己不是那么笨拙，想要自己有一点小小的才华，看起来不是一无是处，希望自己安静一些，不会被人厌烦。

就在这种自我怀疑中，我度过了整个青春。

哪怕后来我去参加一个诗歌活动，见到了自己从小就喜欢的一些作家，我也还是一样不自信，像是一个没有见过什么世面的小学生。活动有朗读环节，我听着很多朋友上去朗读诗歌。突然，一位朋友过来说，你也上去读一首吧。像在课堂上被老师点名提问的感觉一样，我紧张到手心出汗。我内心拒绝，只想静静地坐在下面听，可却不敢发出声音。

看着身边的人一个个上台，他们是那么从容自信，笑容是那么耀眼，却隐隐地刺痛着我。我环顾四周，在优秀的前辈们面前，我真的要放弃吗？为了见到他们，我付出了那么多努力，我真的甘心吗？

我突然有了很强的表达欲，我走上了台，讲述了一个小镇姑娘靠着写作实现梦想的故事。开始都没有人相信她能成功，可她好像听不懂一样，一个人写啊写，不停地写。她通过写作走到了喜欢的作家面前，也见到了想见的世面，也收获了志同道合的友谊。

台下掌声响起的那一刻，我内心的骄傲突然觉醒，我开始觉得，我明明就配得上鲜花和掌声啊。桌上的每一本书，是我自己一个字一个字读过来的。交过的每一篇稿子，都是我深夜一个字一个字敲出来的。我想要的，不是只有黑夜和灯光，还有掌声，还有欣赏的目光。

5

曾经的我种了一棵树，花开的时候，我以为是因为春天到了，不是因为我的培育和浇灌；结果的时候，我以为是因为秋天到了,而不是因为我的付出。

年轻的时候,我们总觉得自己不配。碰见生命中的贵人,我们妄想把时间凝固在曾经最好的那一刻,却不敢去突破关系;在机会来临的时候,我们通过逃避,来证明自己的平庸;甚至在谈恋爱的时候,也会问自己配不配得上身边的人,而忘了自己爱不爱,如果觉得配不上,自己在感情里就要低人一等。我们很多时候,都在委屈自己,明明在努力,却不敢向这个世界要回应。

而现在再回头看"我配不上"的那些年,跌跌撞撞不懂世界的规则,走过弯路,有过心碎,掌声来的时候不敢去听,奖牌来的时候不敢去接……想到这些,我不禁有一些心疼自己,但更多的是对那些年的笨拙与真诚的感慨。

这一路上,并不坦荡,我一边自我怀疑,一边自我鼓励。可正因如此,我才一直奔跑在路上。每一个不放弃自己的人都配得到掌声,如果没有人鼓掌,也要自己告诉自己,只要在努力,你就配得上。

我们都曾迷恋抑郁范儿

高二的时候,班里开始流行言情小说。里面的男主都自带抑郁气质,忧郁的眼睛,冷峻的脸庞,生无可恋的样子,那是大家心目中的白马王子。

那时候的电视剧也是,心事重重的男孩,愿意为女孩打开心扉;身患重症的女孩,总会遇见执着的男孩。仿佛人只有变得抑郁,才会被关注,才会被承认长大。

我们也觉得,只有忧郁的女孩,才能配得上特别的男孩。于是,抑郁变成了一件很酷的事情。甚至在我们班里,掀起了一阵抑郁热。

我们先在外形上下功夫,女孩不再喜欢穿粉色的衣服,因为那些颜色看起来太年轻了,只有黑色才能显出一种成熟感;也不再喜欢扎高马尾了,大家都学影视剧里的女主角,披着长发,风一过,掀起一阵青春。

那时候流行"葬爱家族"和"火星文",别人看不懂的文字才代表着时尚。于是，我们每到周末便开始装扮QQ空间，每张图都是"不爱别伤害"的主题，空间的留言板更是满屏火星文。当别人在下面留言"怎么了"，我们便觉得效果达到了。

为了把抑郁的气质发挥得淋漓尽致，我们还要熟读青春疼痛文学。上课的时候，我们在课堂上偷偷抄安妮宝贝的文章。晚自习的时候，我们在桌子下偷偷翻看饶雪漫的小说。周末的时候，我们还拿着省下来的钱去买《最小说》。仿佛只有这类作品才能培养我们的抑郁气质，读完那些书，我们每个人都是青春疼痛文学的主角。

可是好景不长，当我们沉浸在自己的忧郁世界中，觉得悲伤都要逆流成河的时候，迎来了兵荒马乱的高三。班主任的厉害在学校是出了名的，他为了让我们一门心思备战高考，阻止了一切不利于高考的事情，包括我们的忧郁。他觉得，吃得饱穿得暖，正是要奋斗拼搏的年龄，有什么好抑郁的呢？

他开始用行动来抵御这场"抑郁风"，不允许女生披头散发，并在班级里没收言情小说，甚至他还进了同学群，搞得我们一批火星文的昵称都只得穿上"马甲"，表面上伪装着积极。甚至那些喜欢东想西想的同学,还会被他叫去谈心。

有了老师的严格监管,学生们培养出来的抑郁范儿都慢慢地消失了。只有我在这种抑郁的情绪里入戏太深走不出来。

第一次月考结束后,班里其他同学的成绩都有了提升,而我的成绩却停滞不前。那天晚自习,老师看着我还未来得及扎起来的长发,把我叫到讲台上,恶狠狠地说:"一个女孩子整天的心思都在头发和无病呻吟上,有什么前途?"

青春期的敏感脆弱,让我在那一刻情绪崩溃。晚上回到家,我哭得很伤心,觉得人生没有什么值得在意的,我在这个世上也是多余的,这次我觉得我是真的抑郁了。

然后我偷偷打开家里的电脑,在网上搜了一份抑郁症测试题,边哭边做。我要让大家知道,我没有骗人,我是真的抑郁,很重很重的抑郁。

测试题做完,网上出现了一张测试单,显示轻度抑郁。我写了一封邮件,附上这个检测的截图,发给了以前的班主任。我在邮件中说,新学期我很不适应,老师都不喜欢我,家长也只会怪我,同学们也不交心,我觉得所有人都不理解我,我真的得了抑郁症,可是没人相信。

老师很快给我回了信,他没有怪我考得不理想,只是说看到我的信息他很惋惜,也替我担心,但是希望我快点好起来。在他眼里,我的前途是美好的,和扎不扎头发没关系。我的那些情绪也很美好,但是要放在正确的时间。

像是我的情绪突然有了回应,我的抑郁终于被人看到了。那一晚,我想了很多,我突然想把自己的抑郁放一放,先解决眼前的高考。高考过后,就没有人再来约束我了,我要披着长发,开始写伤痛的文字,来认真地悲伤。

第二天,我把所有的青春杂志都放进了书柜,我扎起了马尾辫,开始努力学习。高三的后半场,我再也没有去讲究过穿着、发型,我保持着这种状态,一直到顺利考进大学。

在外地上大学,初入大城市的我,感觉一切都新鲜极了,悲伤也一拖再拖,直到我渐渐忘了这件事。有一天,我跟大学同学聊天,她说她小时候一直觉得自己有抑郁症,甚至一度痴迷抑郁。因为那个时候,她觉得抑郁看起来很时髦。

我突然想到高中时的我,大概那时候的我也是这种感觉,如果别人都没有,只有我有,即使是抑郁,也会显得我很特别吧。

我还想到了改变我的那封邮件。我做的那个测试，不过是网上抑郁症广告的问卷，谁做都是有抑郁的。那位老师，肯定一眼便能看出那是一个广告。可当时，他并没有拆穿我，更没有告诉我，真正的抑郁是什么，他保留了抑郁症在一个青春期女孩心目中的美感。为了保留这种美感，我不断奔跑，想为抑郁留一段最美的时光。

后来，我大概知道了抑郁症是什么，可是，这并不妨碍青春如诗，给一切事物都加了滤镜。那时，有人为赋新词强说愁，还自认为已是戏中人，更难得的是，有人看破不说破，让你在戏中演好自己的角色。

错把少年情怀当作抑郁，还迷恋得那么深，恐怕也只有我们那个时代了吧。

"草莓鼻"的孤独青春

青春期的时候,我的鼻子上突然多了一些小黑点。

但是那时的我,刚上高中,因为学业繁重,并没有太在意。直到有一天,刚上完午自习,班里的周大成在讲台上擦黑板,突然,他拿起了一根粉笔,在黑板上画了一个圆,然后画了卡通的鼻子和眼睛,齐刘海,马尾辫,却在鼻子上用粉笔头狠狠地戳了几下。全班同学都笑了,指着我说,齐刘海,圆脸蛋,草莓鼻,一看就是我。

我的脸一下子红了,原来,所有人都知道我鼻子上有黑头。那时,我只知道黑头是毛孔里的垃圾,却不知道为什么有。我想,大家笑话我,是因为觉得我是个不爱干净的臭女孩吧,可是我明明每天都洗脸啊。

那么多同学都在笑,我却不敢说话,只得把头埋进了书中。

从那以后，周大成就被我拉进了黑名单。每次看到他，我总要恶狠狠地瞪两眼，就是他让我在全班同学面前出糗的。

他也好像察觉到我生气了。有一天下了课，他把一封信递到我面前，我很愤怒，难不成又用铅笔给我画了一幅画像吗？我直接把信扔在了地上，然后冲他发火："周大成，你真是坏透了，这辈子我都不想理你。"

全班同学都愣住了，后来，我们真的没有再说过话。

那时，在我的心里，说我有黑头的人，就是我的敌人。

我也很发愁，我要如何去除那些黑头呢？如果它们长在耳朵上，或是额头上，我就可以用长长的刘海盖住，可是它们长在鼻子上，看起来永远那么显眼。

我想，肯定是我做值日的时候，教室的灰尘太大了，都钻进了我的皮肤里，所以，我要做好面部清洁。于是，每天早中晚，我都要拿肥皂洗脸，把脸洗得光溜溜的。

那时候，学校不允许用修正液，所以我们会买胶带，把错误的内容用胶带粘住，再掌握好力度一撕，错误的字迹就掉了。我想，既然作业本上的垃圾可以被撕掉，那么我脸上的垃圾也可以被撕掉吧？于是，每次洗完脸后，我都要用胶带在脸上粘一粘，那粘在上面的小颗粒，我想总有黑头的身影。

可是，尽管我如此精细地洗脸，也不过是只管当时。没过几天，我的鼻子上又会出现好几颗黑头。

我对着镜子测试，二十厘米远，可以看到鼻子上的黑头；五十厘米远，鼻子上的黑头隐隐约约；从距离一米的位置看，鼻子上的黑头就不那么明显了。

从那以后，我与身边的人都保持着一米的距离。如果别人靠近我，我会条件反射般地退后，直到达到我理想的距离。而且说话的时候，我总是低着头，不敢去看别人的眼睛。我想，如果我低着头，鼻子上的黑头就不那么明显了吧？

那段时间，除了我的同桌阿紫，没人近距离地看过我。我也很少再跟同学说话，如果别人说我长得可爱，我就会在心中觉得他是周大成找的托，专门过来报复我的。

学校旁的精品店有卖撕拉鼻贴，两块钱一袋，说是可以祛除黑头，其实就是强力的粘胶，贴上后，那些黑头确实被撕拉了下来。可是我的毛孔却变得很大，不出几天，那些黑头又开始在我的鼻子上安家了。

我只得不断重复着撕拉的动作。那时候，我像一只孤独的鸵鸟,看见人就藏起自己的头,等人走后,我就开始撕拉又撕拉。

在青春期里,我拼命地用学习来填满那些孤独的时光,他们说我是一个只会学习的怪人。其实每次走在回去的马路上,我也好想能有个女孩,和我一起在夕阳下打闹着回家,但是我不敢将一颗心交给别人,因为我害怕只是她青春的衬托。我也羡慕那些女孩能收到情书,好像那样才能证明一个女生的可爱,但是我不相信有男孩会喜欢我,即使有,我也觉得只是为了捉弄我。毕竟,哪会有一个男孩喜欢草莓鼻呢?

高三的时候,周大成去学美术了,我们再也没有见过面。因为他的离开,往事也慢慢淡去,我也渐渐学会了与自己鼻子上的黑头和解。

毕业后的一天,我在路上碰到了阿紫,她没考上大学,说要准备出去打工了。我们坐在路边的长椅上聊天,她突然说了一句:"真羡慕你,成绩那么好,皮肤也那么好。"我一脸错愕地看着她,她撩开遮了半边脸的头发,我才看到,她的眼睛下面是密密麻麻的雀斑。

虽然我们是同桌,我却从来没有认真看过她,其实我是怕她看到我的草莓鼻。我突然意识到,她其实与我同样孤独,同桌三年,我们从未认真地看过对方。

她说:"青春好烦呀,总会有一些不美好的事情,你看你,又白又有男生喜欢。"我连忙打断她的话,我可是从来没有收到情书的。她笑着说:"你还记得周大成吗?后来去学美术的那个。"

我点点头,她接着说道:"他在黑板上画的你,我们都觉得好可爱啊,可是你却生气了。你扔掉的那封信被我看到了,他说只是看到讲台下的你很可爱,所以才画下来,没想到伤害到了你,他很抱歉。他以为你嫌他画得太丑,所以决定去学好美术。"

我不断地搜索记忆,想到我在发火时那个男孩的无措与尴尬,他在用他的方式告诉我,我有多可爱。但在我的眼里,他却是个只会戳我痛处的烦人精。

我才明白,从始至终,没有人说过草莓鼻有多么不好,也没有人说过那幅画有多么丑陋。草莓那么甜,草莓鼻凭什么就是贬义词呢?只是,那时敏感的我给自己贴了标签,然后推开所有人,让自己的青春越来越孤独。

 年少时的隐秘心事

小学四年级,班里来了一个转学生,听说她的父母都在市里上班,因为太忙,将她送到爷爷奶奶这边上学。

这本是一件很平常的事,那时的我比较木讷,也不会特别关注。但慢慢地,我发现我们有着太多的不同。

她的爷爷是镇上中学的校长,而我的父亲是刚调过来的老师。虽然我们都住在家属院,但她家是自建的两层小洋房,而我家则是一间职工宿舍。

每天我上学路过她家门口,总是看见她的奶奶在给她梳头。她喜欢梳两个麻花辫在头顶,有时候,她的奶奶也会给她弄各种新奇的发型。而我每天都顶着一头自来卷的短发着急忙慌地往学校赶。

她不用着急时间,因为她的奶奶会骑车送她上学,即使晚到了几分钟,老师也会客气地让她赶紧进教室。而我的爸爸要给学生上课,妈妈要上班,我都是自己走

路去学校，如果迟到了还会被老师批评。有时候，我离学校可能还有五分钟的路程时，便看到她坐着车子超过我了，看着她的背影，一种挫败感油然而生。走得那样早，走得那样快，还是被她轻而易举超过了。

每次下课的时候，都会有一群同学围在她的桌子旁跟她聊天。她会说着市里有什么好玩的，还会从书包里掏出各种童话书，那些书有好看的封面，都是她爸爸从市里的书店给她买的。因为见多识广，她的作文一直是班里最好的，老师经常会在班里朗读她的作文。而小时候的我羞于表达，每篇作文能凑够字数就谢天谢地了。

每次她的奶奶来接她，老师总要夸她聪慧、漂亮，总之，所有美好的词语都属于她。学校的文娱晚会，老师每次都会让她参加，因为她不光有漂亮的裙子，还会弹钢琴、跳古典舞。而我的衣服大都是亲戚邻居送的，肥大而不合身，成绩也是平平，没有一点才艺。所以，老师也从来都不会注意到我。

有一次，镇上要举办一场文艺汇演，全镇的学生，还有大人都去观看。当听到她的名字时，前排一个不认识的大人突然说，这就是那个从市里转学来的小姑娘吧，她真是个才女，简直太优秀了。那是我第一次，听到有人用"才女"称呼我认识的人。

表演结束的时候,她背着一个比她还高的电子琴从我面前走过,阳光洒在她的头发上,是那样耀眼。我有些羡慕她,却又害怕靠近她,怕她觉得我是个偷光的小偷。

我们并不是完全没有交集。周末的时候,家属院的孩子会聚在巷子里玩耍,每次她都会喊我和她组成一对。甚至在那一群孩子中,我们是最好的朋友,一起牵手,一起跳房子,一起过家家。可等到周一的时候,我们又恢复了陌生人的样子。在八十多人的班里,她坐在第二排正中间的位置,是光芒四射的好学生,而我坐在靠后的窗边,充当小透明,我们甚至连目光都不会交会。

一年后,她又转回了市里。自她走后,学校的各种文艺汇演好像都失去了光芒,再也没有人像她那样,既漂亮,又会那么多的才艺。

可是班里依旧有她的传说。一个女孩说:"我周末给她打电话了,她们学校学的东西可多了,还有舞蹈和钢琴呢。"对于我们这些只知道语文和数学的孩子来说,这是一件多么新奇的事!甚至这个打电话的女孩,在班里也变得与众不同了。

可曾经的每个周末,我们都在一起玩耍,我却从来不敢跟人提及。我害怕别人问,你们既然是朋友,她穿得这么漂亮,为什么你连一件合身的衣服都没有?她会那么多才艺,为什么你什么都不会?她的作文写得那么好,为什么你成绩平平?

这些问题我都不知道该如何回答。年少的时候,我总是觉得好朋友就得有很多类似的东西——类似的爱好,类似的家境,类似的成绩,才会在一起玩。我生怕别人觉得我是在巴结她,小时候的我,敏感脆弱,却自带一身傲骨。

后来,我家在学校的不远处盖了房子,搬出了学校的家属院。她爷爷退休后,一家人都搬去了市里。我偶尔从她家路过,一把锁都已经生锈,看来是不会再回来了。

等到初中时,我开始留起长发,任由它疯长,也不愿剪短一点。有时候,我会偷偷把头发扎成两条辫子,在家里对着镜子欣赏,却总觉得矫揉造作,不敢出门,如我心中那不敢吐露的心事,只敢偷偷发芽。

高中的时候,我开始看很多的书,在笔记本上写很多的诗,我的作文是班里最好的,每当老师朗读我的作文时,我总会想起她。

大学毕业后,我去了一家杂志社当编辑。长头发,长裙子,背包里总放着一本书,闲下来的时候翻一翻。

我甚至觉得，我渐渐活成了她的模样。我想，假如有一天我们相逢，她会不会更加耀眼？

后来听我爸说，他们学校来了一个新的同事，小学跟我一个学校。有一次回老家，正赶上学校放学，一大批学生如潮水般向我涌来。我突然晃了晃神，那么多年过去了，我还是在人群中一眼就认出了她。

她剪了头发，戴着眼镜，穿着宽松的牛仔外套，她的个子好像也没怎么长高，仿佛可以混迹在那群学生当中。

她没有认出我，她应该早就把我忘了。可是她不知道，我年少的那些隐秘心事，都与她有关。

第二章

藏一枝春天在心里

关键词

生活之美　四季

如果是往常,我肯定会觉得我蹉跎了岁月。可这country春暖花开,莺飞燕舞,自己不过是躺在椅子上晒着太阳,发呆,不过是让春光按了暂停键而已。我希望我能在那春日里化作一头小鹿,奔跑在广阔的田野里。

 ## 藏一枝春天在心里

我不知道最早的春天,是藏进了《诗经》还是《唐诗三百首》,但我知道,春天的消息,肯定是诗篇最先泄露的。从"桃之夭夭"开始,诗人便在宣纸上种下了一片春。

那片春,至今还"灼灼其华"。

也许,春天就躲在某一首诗的韵脚里吧。或者,是一首诗的平仄里。

"日出江花红胜火,春来江水绿如蓝",说不尽春的热烈;"春风又绿江南岸,明月何时照我还",说不尽春的思念;"掬水月在手,弄花香满衣",说不尽春的闲情;"寂寞空庭春欲晚,梨花满地不开门",却又满怀春的哀怨。

而所有的诗到最后,不过是想告诉你:"江南无所有,聊赠一枝春。"

所以，这满诗的春意，你收不收？

一只燕子，在春天，化为了信使。"泥融飞燕子，沙暖睡鸳鸯"，它携来古时的思念，携来诗人的情愫，也携来了春天的盛宴。

春天，好像又藏进了百花深处。

当鸟儿唱响了乐章，当暖风选了吉日，春天便上路了。不多时日，你便会看见，那浩浩荡荡的队伍。田间的每一条道路，都被铺上了绿色的地毯。旁边的小草也毕恭毕敬地哈着腰，花朵也长成了好看的模样。"留连戏蝶时时舞，自在娇莺恰恰啼"，甚至路边还有孩童，藏着遇见一只蝴蝶时的欣喜。

春天的前戏已经铺足，接着山花开始放鞭炮。每朵花都是一个鞭炮，被春天点燃后，噼里啪啦炸满了一山。

"迟日江山丽，春风花草香"，如此良辰美景，人们也不愿缺席，早早地到场了；"若待上林花似锦，出门俱是看花人"，这满眼花色，无一是春，又无一不是春。

有天清晨，我发现院子里的花儿也开了，我想她定是一夜未眠，在计划着开张，贩卖自己的美丽。

我在小院里坐下，酌一杯绿茶。茶叶是新摘的，从山间走来，向我诉说这一路的辛苦。

那一刻，我仿佛入了春天的局，以天地为席，与春光对坐，把百花作影，用往事烹茶。茶叶在水中舒展，我的心也在春风中打开，慢慢将往事回顾。那是多少年前一个普通的春日啊！我便遇见了满眼春光的你。像是春风牵了线，而你成了心头的惊鸿。

"风淅淅，雨纤纤。难怪春愁细细添。" 我多想，以山水为序，以清风落笔，为你写尽骈文，写尽这春的心事。落笔之处，仿佛也沾染了春天的味道。

"春色恼人眠不得，月移花影上栏杆"，在多少个春天的夜晚，一串思念爬上了栏杆，偏偏要在心底发芽、开花。

梦醒后，花落了一地。

"浮云一别后，流水十年间"，你是否也等到一个如春天一般的人呢？"子规啼，不如归，道是春归人未归"，若是没有等到，那春便是最好的归人。

春天其实早已来了，美人头上，袅袅春幡，桃花流水，鳜鱼肥美……春天如贵客，一到便繁华。花儿开得正艳，鸟儿叫得正欢，春风也吹得正暖，你才猛然发现，这不就是春天吗？

也许，春天，一直藏在我们的心里。所以见草木，

风会吹开一朵花

草木也含情，见山水，山水也荡漾。

我恨不得，把一颗心填满春泥，文字落籽，流起春水，发起春枝，让春在心上扎了根，发了芽。春雨杏花急急落，而我偏要留一段春光，车马春山慢慢行。

"花开与花落，流水送流年。"不如就藏一枝春在心里，在心底开出一朵花，让它作为我和下一个春天相见的信物。不如就做一个热烈的人，策马奔驰，笑傲江湖，但仍怀有一颗随时为春风悸动的心！

 ## 春天是最美的蹉跎

不知是谁,泄露了春来的消息,也许是那叮咚的泉水,也许是那待开的花蕾,也许是那翻过篱笆的哀愁……

过罢春节,人们还没从那懒散的气氛中回过神来,春便来了。我像迎接一位故友一样,起身走出房门。

一年未见,我迫不及待地想与它说一说,那些它不在的岁月里,我走过的雨季,以及那下在心上的大雪。

我和它来到田野,田野上还刮着风。紫云英开满了田野,规规矩矩,像田字格里正正方方的字,我好像成了花朵的先生,禁不住嘀咕,哪个字写歪了,哪个字写在了格子外面,哪个字写得太拥挤……

我这个闲人,去操心一朵花的生长,却忘了,自己的心上,还没有长出一朵花。是啊,我的心上满是荒草,似冬眠未醒的山川。

我赶忙跑回了家,寻阳台的一方天地,一盏茶水,一本诗书,开始用功。读着读着,思绪便被那空气中的清香带走了,我拿着书盖住脸便睡了起来。

我梦见儿时家里院中的那一棵桃树,春天的时候,开满粉色的花。我那时总幻想着有一天,我站在树下,桃子就可以掉进我的嘴里。可惜那棵树,一次都没有结出过果实。

故事仿佛在最美的那一刻戛然而止,落英缤纷,只是落下。

等我醒来的时候,已是暮时,一个下午就这样过去了,一字未看,不见桃花。

我突然想在家门前筑起篱笆,篱笆内,种满五颜六色的花。蝴蝶来过,暖风来过,春天肯定会走得慢一点。我就这样想着,再次回过神来的时候,夜幕已经降临。我才发现,我竟这样耗掉了一个又一个的春日。

如果是往常,我肯定会觉得我蹉跎了岁月。可这是春天啊,我虽然发着呆,但是千树万树花都在我的心里开着,我在那春日里化作一头小鹿,奔跑在广阔的田野里。那发呆,不过是让春光按了暂停键而已。

因为春天在,我不敢满眼看诗文,我怕,它跑去别人家的院子,将我遗忘;我怕,它走后,我的花儿再也不开了;我怕,我视如珍宝的春天被别人无视。在春天,我仿佛成了惆怅的少女,只想为春天写一首《清平调》,平平仄仄,似一串串哀愁,在春风里丁零作响。

岁岁年年,无论我奔走何处,春天永远是我的故知。如果一定要种花,那就种一株长相思。我心事重重,磨磨蹭蹭;我荒废年华,慢慢吞吞。只因,花还未谢,春光不散;只因,在我心里,春天是最美的蹉跎。

 ## 忽有春风心上过

春来没来,风最知道。寻春,便是寻风,风往哪里吹,春便往哪里躲。

风一来,树便坐不住了,它们开始发芽,恨不得摆一场盛大的筵席。花朵也不甘示弱,一朵接着一朵,传递春的讯息。

接着,家家户户的院门便打开了。猫了一冬的孩子们跑出来,脱掉棉衣,换上轻盈的春装,去继续传递春的消息。我们去田野里奔跑,去河里钓鱼,那是一个孩子迎接春天的仪式。

路过田野里的紫云英时,它们对我说,早已和春风打了照面。看吧,我与春风,终是晚了一步。

春天呀,再没有比爱上一朵花,寻找一片叶更美好的事情了。那时候,我喜欢去吹一朵蒲公英,或是摘一朵小花别在发间。风吹皱一池春水,浮光跃金,如镶

嵌了宝石的绸缎。我想，若春着一身旗袍，那春光定是裁缝。

像一支笔，蘸了春水，将春风款款写在了心上。可那时的我不懂，也不愿懂，我是个在风里奔跑的少年啊，何故去读诗？

后来的春风，没有田野，吹动的不再是花与草，而是一颗小小的心。

还记得有天下晚自习，我走在路上，春风暖暖又缓缓，像一场不敢大张旗鼓的暗恋。校园里花影错落，月光浅淡，我想风一定坐在一棵树上不愿离去，因为有朵花也开在风的心上。

春风带着阳光，吹开了少女的花蕾，又带着雨露，淋湿了少女的心事。也许在某一天，有个人像一阵风一样，从你的世界离开了，没留下任何痕迹。后来的日子，群山沉默，万鸟归林，是失落的马蹄，是绝望的海堤。那时的你，是否决定关上心门，从此无关风月，再也不愿将那天上的月亮，悬挂在自己的心房？

有人在风里，笑成天上弯弯的月牙，有人在无月光的晚上，将冷冷的眼泪藏在了风里。哦，那风里的故事没人知道。风会把它们送到很远很远的地方，远到遗忘也追不上。

时光一晃好多年,春风十里又十里。你才发觉,春风早已变成了诗篇,平平仄仄,藏满了心事,压在了你的山水间。曾经的少年,你看没看见?

也许有一天,你坐在窗前,阳光洒满了桌子,风儿轻轻一吹,海棠浮动,书页缱绻,一颗心也仿佛泛舟春光之上,晃晃悠悠回到了多年以前。

那时,你一定会轻轻说上一句:"是啊,这场春风,我爱过。"

 ## 一架葡萄，一架南风

夏季中，总有南风拂过院子里的葡萄架，吹来一阵绿意。

搬新家的时候，父亲在院子里种下一棵葡萄树，没想到居然成活了。第二年的春天，枝枝蔓蔓开始攀爬，于是父亲便找来竹竿搭起了葡萄架。

葡萄藤在最初的时候，好像娇羞无力的少女，怀抱着竹竿，绕了一圈又一圈。枝枝蔓蔓也在我的心里生长缠绕，最终结出一个个如心结般的小葡萄。我时常给葡萄树浇水，希望它能长得快一些。那些小葡萄，就像一个个谜语，里面究竟是什么味道，谁也不知道。

如果你想到一架葡萄，在南风中努力生长，那将是一件多么美好的事情！每当我路过葡萄架，我的心里都装着一个期待的梦。

假日的时候，我喜欢坐在葡萄架下看杂志，那时候

的杂志里有各种各样的测试题,我乐此不疲地给自己做测试。一阵南风吹过,头顶上的绿叶沙沙作响,阳光透过缝隙投射下来,如一颗颗泛着金光的葡萄投映在我的书上,被我藏进了书里。

那时候的葡萄架,脆弱得很,怕虫、怕雨、怕鸟。尤其是一场雨后,有些葡萄还未长大,就被暴雨打落一地,甚是可惜。

还有一些葡萄仍在架上努力地攀爬着。可因为它刚被移栽过来,我们也不太懂如何照料,结出来的葡萄又小又酸,我曾几次偷吃,都是失望而归。

葡萄架对我们而言,从最初的期待,变成了可有可无,它在我们眼里,不过是一处绿荫。

后来,我很少再回老家,不知道院子里的葡萄架是什么样了,年年岁岁恐怕只有南风知它意吧。有一年,父亲突然给我送来半篮子葡萄,说是自家院子里的。

我很诧异,没想到我们家的小院子也能结这么大的葡萄。父亲说,现在的葡萄藤可以爬得很高、很高。种葡萄树的那年,我们家还是几间小平房,这几年,老家的院子里盖起了三层楼,而葡萄好像也不甘示弱一样,顺着藤蔓,爬上了二楼,又爬上了三楼,结的果子也比以前甜了很多。

它已然是一架成熟的葡萄了，岁月让它的根扎在这片土地上，越来越深，它也让一阵又一阵的南风，带走自己的酸涩。葡萄是何等幸运，能遇见南风啊！

又逢葡萄上市，我便会想到那年，一架葡萄，一架南风。风在来的路上，葡萄也在变甜的路上，那些夏日，是那么寻常，又那么美好。

 **一根萝卜的隐居**

在农村,一大批蔬菜都隐居着。它们藏在远离闹市的地方,可能是在一个下坡处,也可能是在一户人家的屋后。它们不在马路边,也不在人前。如果你与它们从未相识,便不会有重逢,只能遗憾地错过了。

在冬天,隐居最好的就是萝卜了。劳动者在自己的地盘上划分疆土,萝卜就待在它的那一片领域里。它的果实将永远被埋没着,像那盛唐失意的诗人,等着它的知音。

它们在埋没中呼吸、生长……它们只是避开了喧嚣,隐居在泥土的密室里沉淀自己。有一天,它们终会出山。

一个风和日丽的上午,人们拨开了土壤。那在黑暗中酝酿已久的萝卜,终于得见天日。

人们发现了它的好,发现了它的甜,发现了它的价值。它再也不必担心一辈子待在土里,将自己的甜都交给黑暗的土地了。

从土里出来的萝卜再也不必囿于一角,它可以闯南走北,游山玩水。它可以出现在集市上、餐桌上、商场里……去展现它的才华。

我们家乡的萝卜大都是青色,白色极其少见,它有一个傻傻的名字,叫"愣头青"。"愣"字并不算是一个好的形容词,但是想想也符合萝卜的性格。聪明的食物,恨不得把自己挂在高高的枝丫上,让所有人都见证它开花,结果。哪里像萝卜,等我们发现的时候,它已经修炼到"功成",只差"名就"了。

不聪明不机智,却朴实敦厚。埋没了就埋没了,萝卜已经在岁月面前,将一切都看淡。

可是有才华的落魄诗人,总会遇见他的知音。在冬天,没有人会忘记萝卜。

大雪飘飘,炉子上的萝卜炖肉咕嘟咕嘟,就着小酒,那情景,岂不美哉!萝卜不仅可以用来炖肉,还可以做成萝卜丸子,用来烩白菜,一锅吃得从身体暖和到心里。哪怕只是萝卜汤、水煮萝卜,家里也少不了,因为吃萝卜可以预防咳嗽,一直从小吃到大。

天太冷的时候,人们害怕地里的萝卜被冻坏,都会把萝卜拔回家,埋在院子的沙土里。这次,萝卜又开始在黑暗中修炼,等到正月来客人的时候再出关。此时的萝卜更加水灵,人人夸好。

  萝卜不愣也不傻,它是有真本事,才会被人赏识。我们应该学一根萝卜去隐居,背地生长,向阳绽放。

 ## 一畦春韭绿

我又见到了那一畦春韭,仿佛绿色的波浪,在宣告着春天的来临。那一抹绿,也种在了我的心上,风一来,便闪动着绿色的光影,连绵了一个冬季的思念。

天一暖和,菜园里的韭菜便不再打盹。一根根,精神抖擞地站直了腰,一片片,从菜地这头跑到那头。即使被人拦腰截断,也不认输,反而来势凶猛,有占山为王的架势。

春天,好像一直都是属于韭菜的啊!

少年时期,母亲总要把家里的菜地腾出一块种上韭菜。韭菜好种植,经过几场春雨,便长出很高一截了。

还记得小时候的清晨,露水打湿了鞋,也打湿了韭菜。一棵棵韭菜仿佛在深夜频频买醉,心碎碰杯,迫不及待地想倒进我的臂弯里。我拿着小刀,一会儿便割满一篮子。

不等我洗好韭菜,放在水池上控水,炊烟便升起来了。

正是吃韭菜的好时候,那家里自然是韭菜盛宴了,韭菜炒鸡蛋、韭菜炒千张,有时候妈妈会改善下伙食,做个韭菜炒河虾。那初春的韭菜,带着独有的香味,萦绕在我的心头。

其实小时候我最喜欢吃的是韭菜合子。

炒上几个笨鸡蛋,然后把切好的韭菜和粉丝倒入锅里翻炒半熟,韭菜馅儿便做好了。用大口碗使劲儿压住面皮,切出圆形的面皮,包上韭菜馅儿,对折捏紧,一个韭菜合子就成形了。再把韭菜合子放入平底锅煎至两面金黄,那月牙形的韭菜合子,好像还想着努力变圆,如一个个掉进黑夜里的金色月亮,散发出源源不断的思念。

咬上一口,原来春天的味道是思念。

我想这散发着思念的,除了韭菜合子,还有地里的韭菜。

杜甫有诗云:"夜雨剪春韭,新炊间黄粱。"那时的韭菜也在雨水中,将思念深深埋藏吧。而又是怎样的欣喜,让友人宁愿冒着小雨,也要去割韭菜呢?

我仿佛在夜幕下的春雨中,看到了那个身影。他弓着背，截断一截又一截的思念。是啊，他期待的人来了，他的惦记将要化成盘中餐、杯中酒，然后化为谈笑间的一声声感叹。

韭菜在杜甫的诗里疯长又截断，截断又疯长……而我心里的韭菜，因沐浴了春雨的滋润，长成一排小小的森林，长成了故乡的模样。

像压不住的情愫，剪不断的离愁，斩不断的思绪……今日，我又顺着那一畦春韭绿，如坐了一叶慢悠悠的小舟，向我记忆的深处摇摇晃晃地驶去。

我知道，在那畦春韭里，藏着我的童年，也藏着满眼的春天！

 ## 莴笋之美

在我眼里，春天的第一抹绿，当属于莴笋。一个人，如果想在春天爱上些什么，那一定是莴笋。

莴笋好像一直都迸发着生命力，不似弱柳扶风，也不愿左右攀附，就那样站在春风里，修长笔直，青青翠翠，独要人夸好颜色。

春雨挥洒大地，莴笋就在地里寂静地生长着，那是烟雨中的一抹翠绿，煞是好看。等到天气晴朗的时候，会有农人拿着竹篮，去采摘一根根莴笋。那上面还沾着雨水，像水洗过的春天，青翠欲滴。

冬天吃惯了大白菜、白萝卜，正月又吃了太多大鱼大肉，莴笋的到来，让一成不变的日子多了一抹色彩。身心也仿佛从沉闷萧瑟的冬天醒来，一下子回到了清爽的春天。

小时候，自家的菜园里总少不了莴笋的身影。那是

春日的第一拨儿春味,而我从未缺席。

在我们这里,若春寒还在,那请人待客肯定少不了火锅,这样才显得正式。每当家里来了客人,母亲总会拿出过年剩下的腊肉,炖上一锅,然后把莴笋切成块状。待肉炖好后,再下入莴笋,在炉子上煨着。腊肉搭配莴笋,有一种说不出来的香甜,客人不禁夸赞腊肉够香,莴笋够甜。仿佛一场冬天与春天的约会,因为这锅腊肉莴笋得以实现。

可是说起家常菜,还得是炒莴笋。在阳光明媚的日子里,母亲会去街头买一斤千张,炒上一盘莴笋炒千张。将莴笋切成细细的丝,千张也如此,把辣椒、蒜瓣爆香,再放入莴笋丝和千张丝翻炒片刻,一道独属于春天的美食就做出来了。吃惯了正月的重油重盐,来一道这样的炒菜,真是抚慰了舌尖和味蕾。每当这时,父亲总会拿出米酒小酌一杯,美酒配美食,不负这春光。莴笋还可以炒豆干、炒虾仁、炒鸡蛋,都是各有各的滋味。

而我最喜欢做的开胃小菜,是凉拌莴笋。一个人住的时候,我喜欢在春雨过后的清晨,去菜市场挑选最嫩的莴笋。雨后的菜市场,连蔬菜都带着好看的滤镜,我的心也像春天一般开满了花。回去后,我把莴笋切成丝，然后调份秘制料汁浇在上面，超级简单的一道开胃小菜。这盘水淋淋的凉拌莴笋，无论是搭配一碗素面，还是一碗白粥，都是不错的选择。

在春天，无论是请人待客的火锅还是家人小酌的炒菜，或是一人独食的凉菜，莴笋都能满足。

开始喜欢莴笋，是因为它的样子。后来爱上莴笋，是因为它的味道，是因为它曾笔直地立于天地间，又甘愿囿于盘中，为一人柔软了心。

春日迟迟，我也因一棵莴笋，柔软了心。莴笋之美，美在春天；莴笋之味，美在心头！

夏日蝇趣

乡村的夏季,从来都不缺苍蝇的身影。一入夏,它们便围着餐桌,围着人群,开始飞来飞去,但是却从来都不讨喜。

村里家家户户常是敞着门,又都有大大的院子,避免不了苍蝇这种"天外飞仙"的到来,尤其是午睡时卧室里的苍蝇,简直是人们的公敌。

小时候的我不爱午睡,爸爸便给我制定了一项奖励措施,午休的时候,如果我能牺牲自己的时间去打苍蝇,就给我算工钱,一只一分钱。

如果我能打五十只苍蝇,就是五毛钱,就可以买一支雪糕。我觉得这是一门好生意,打苍蝇还不简单?于是欣然同意。我也再不想着和小伙伴出去玩了,而是安安静静地在屋里打苍蝇。

我兴致盎然地开始了。可我刚靠近,苍蝇就跑了。一阵忙活下来,才打了几只,连一毛钱都不够。我的雪糕还在等着我呢,怎么办?我可不会半途而废。我开始观察,我发现苍蝇喜欢叮甜的东西,于是就在卧室放一块西瓜。这样它们就会常常落到这里。不过这个时候,不能贪心,不要觉得好几只落在一起,可以一并抓获,就只跟着一只就好,悄悄地走近,再猛地落拍,打它个措手不及。

我会把打死的苍蝇,排在一个角落,等到我爸午休后来"验收",然后拿着我的工钱飞快地跑到附近的小卖部买一支雪糕。那时候的雪糕,吃在嘴里是真甜啊。

我把我实现"财富自由"的方法告诉了邻居小朋友们,他们羡慕不已,也去找大人们协商,最后索性大人们都采取了这种措施,既可以防止孩子出门乱跑,让他们有事可做,又可以解决他们的嘴馋。傍晚的巷子里,我们一群小伙伴都拿着雪糕展示着自己的战绩。

后来长大一些,家里买了粘蝇贴,也不再需要小孩子来打苍蝇了。而我也到了上学的年龄,没空再去打苍蝇了。

如今住的楼层偏高,蚊虫也少见,更别提像曾经那样,一天可以见到上百只苍蝇。偶尔在街边吃饭遇到几只,只觉让人好生讨厌。细细想来,变的倒不是苍蝇,苍蝇自是有害,只是那时,光是享受收获的甜蜜了。

我们也不是沉浸在打苍蝇的快乐中,而是沉浸在美好的童年中。

 ## 白菜如初

当寒风在屋檐上来了又回,当霜花在窗户上谢了又开,冬天已来到我们身边。天气预报说雨雪将至,人们便开始忙活起来了。

因为白菜耐放,村子里家家户户免不了囤白菜。小时候,父亲每年都会在雨雪之前把白菜收回去,然后再备一些干菜,静待风雪。好像囤菜成了迎接风雪的一种仪式。

白菜,也让人在冬天感觉到踏实。等准备好了菜,母亲通常会安心地说:"下吧,下吧,有了白菜啥也不怕。"我看着那些白菜整齐地排在屋子里,就开始盘算接下来的美味了。

在大雪纷飞的夜晚,我们一家人在昏黄的灯光下,围着火炉吃白菜砂锅,白菜新鲜得很,再加一点豆腐、粉条,在火上慢慢炖着,汤汁咕嘟咕嘟冒着泡,清淡又

鲜美，别有一番滋味。雾气爬满每一块玻璃，甚至连灯光都变得迷离。我想，那是一个孩子对冬天最温暖的想象。

白菜可单独烹饪，当作餐桌上的主角。可爆炒，也可腌制，但我最喜欢酸辣白菜。炝锅的红辣椒，再搭配米醋，让白菜又酸又辣，吃得人满头大汗。吃完后，我总要大口喝着茶水，直呼过瘾。

白菜也可以和别的食材搭配，甘愿平分秋色。在炖好的五花肉里，放入一些白菜继续炖煮，便是一道有名的猪肉炖白菜。白菜煮得软烂入味，还带着独有的香甜，吃得人全身上下都暖暖和和的。不仅如此，白菜炖羊肉、白菜炖牛肉，都能碰撞出新的火花。

白菜还可以下面条，充当主食的陪衬。天气寒冷的时候，人们总爱吃一些带汤的食物。记得有雪的午后，母亲总会守着炉子熬上一锅大骨头汤，然后下入手擀面，再放入一把金黄色的菜心。汤汁浓郁，白菜嫩甜，雪花也仿佛只是这碗面的点缀。

在童年，白菜好像贯穿了我整个冬天。甚至很多次吃饭的时候，母亲总会把菜心夹给我，让我体会到冬天最美的味道。

后来，我们搬了家，菜园也留在了童年。如今的冬天,各种果蔬种类齐全,娇嫩新鲜,菜市场的蔬菜,在冬日里也是琳琅满目,争奇斗艳。但是仍然有菜农拉着一车车白菜,停在路边叫卖。那些白菜依旧如初,不言不语。只有在路过的时候,我仿佛又闻到了猪肉炖白菜的香味。那香味,似炊烟,飘向了曾经的冬天。

白菜的好,在于不争,在于豁达。无论是主角,还是配角,都不骄不躁,默默散发属于自己的温暖。无论是风霜,还是雨雪,都泰然自若,从不舍一颗娇嫩的心。人也要活得像白菜一样,随遇而安,初心如故。

我想,白菜定然见了很多的风霜,人也要经历很多风霜,才能在一场风中有所了悟。

围炉之趣

天气渐冷,很多地方流行起了"围炉煮茶",亲朋好友聚在一起,燃起小火炉,煮一壶香茗,品一些瓜果,聊一些家常。冬日可亲,也仿佛有了旧时的温馨。

记忆里,小时候的冬天,没有暖气,也没有空调,几乎所有的温暖都是火炉给的,那火炉旁的时光也自然变得有趣起来。

在我看来,围炉读书是少时最美好的事情。父亲总是怕我冷,只要我一放假,就点起火炉。那时的我最喜欢捧一本小说坐在火炉旁,外面雪花簌簌地落,我在书中跟着作者神游。时间慢慢流淌,我仿佛在听作者们讲述他们的缱绻哀愁,想要替他们驱除人生的寒冷。火光照得书金灿灿的,我的脸也红扑扑的。现在回忆起来,不曾觉得那时的冬天是冷的,也许是书真的暖人。

冬日最温馨的画面,当数围炉吃火锅。母亲喜欢炸小酥肉放里面，然后再放一些白菜豆腐，我们围坐在火炉旁，边煮边吃，好不畅快。白色的雾气飘浮在空气中，晕染了整个屋子，好像给冬日罩上温柔的头纱。每当这时，父亲都会拿出他的米酒，喝上两杯。一家人的欢声笑语也顺着那热气飘散在屋里的每个角落。

在我眼中，最热闹的时候，当数围炉夜话。大人们已经干完了一天的活，孩子们也写完了作业，街坊邻居便开始串门了。火炉旁围上几个板凳，再摆一些瓜果茶水，茶话会就开始了。那时候聊八卦成了他们疲惫生活中的点缀，但这些热闹都是大人的。我们这些孩子插不上嘴，只在旁边竖起耳朵听着，但孩子们也有自己的热闹，比如在火炉里埋上红薯和马蹄，讨论着怎样好吃，这是属于我们孩子的围炉夜话啊。

多年后，家家户户都很少再用火炉了，也很少有人再聚在一起聊天。大家见面后，都各自玩着手机，仿佛那里才是自己的世界，好像生活也变得冷冷清清。但是我仍记得，曾经的岁月里，若有雪花，就自然少不了一方火炉。

如今的我们，即使雪不落下，也沾染上了岁月的风霜。若是有一天，你风尘仆仆，能有好友相伴，还有一方炉火，煮着岁月的香茗，说着过去的故事。我便觉得,时光缱绻,人间值得。

"却就红炉坐,心如逢故人",小小的火炉,藏着逝去的岁月;小小的火炉,也藏着远去的故人。但总有一些围炉之趣,在日后温暖着那颗浸润了风霜的心。

 ## 万物皆熬

冬天像是一张黑白照片,枯枝遍野,大雪封山,人也蜷缩在厚厚的棉衣里,没有生机。

寒风凛冽,呵气成冰。人们害怕食物凉得快,会选择熬煮的方式,而往上散发的烟火气,好像才代表着冬天的活力。

记得小时候的冬天,母亲害怕菜被冻坏,会把地里的白菜都摘回来,堆在屋子里。一棵接一棵,好像一个个参禅的和尚。

晚上,母亲会用炉子煮一个小火锅,我们一家人坐在炉子旁,边熬边吃。白菜在锅里不断地熬,熬至软烂可口。

有时候,火锅里也会放别的东西,比如豆腐丸子、萝卜。那时,我觉得火锅真是人间美味。

可是总不能天天吃火锅,冬天更多的时候,是熬粥。

有时候是豆子粥,有时候是白米粥。母亲会把粥熬上,去做别的菜,我就在旁边看着。等到粥开始翻滚的时候,封上炉子下面的眼儿,掀开一半锅盖,再用小火炖上半小时。

我看着那些米粒在我面前翻着身,跳着舞。屋外寒风呼啸,只有粥在唱着温暖的歌。好像我们之间有着无声的对白,它说太难熬了,我说再坚持一会儿,马上就要成功了。

熬好的粥,香味四溢,温暖了整个冬天。

小时候放寒假,我最喜欢去姥姥家。那时候临近年关,家里开始备吃的。姥姥知道我爱吃猪蹄冻,所以在我去后,都会炖猪蹄。

我在低矮的厨房里,看着炖猪蹄的炉子发呆,空气里全是猪蹄的香味。很多次,外面都下了很大的雪,而我的心,如落雪一样虔诚地等待。

熬好时,已是黄昏,姥姥把汤放在院子里。猪蹄也好像在天地之间,参禅,顿悟。最终,把自己化为猪蹄冻。

虽然吃起来冰冰凉凉,好像吃进去一个冬天,可我还是非常迷恋。

熬粥也罢,熬汤也罢,都是一个熬字。如今,我没有时间,也没有意愿去看一碗粥如何叹气,一锅猪蹄怎样参禅。

只是觉得,熬是一粒米和一粒米的告白,一粒米和一粒米的告别,我们彼此敞开内心后,你又对着别人敞开内心。从此,我是一个独自在大雪里疯狂落叶的人啊!

我该如何躲过这场大雪呢?那段日子,像火烧,像雪落,像所有星星都下了山。

可是无论我躲在哪里,都是躲在冬天里。像一只青蛙,一条蛇,居于自己的洞穴,眼巴巴地望着外面的落雪,不敢往前一步。

熬像一个中年人,已经过了意气风发的少年时代,所以变得成熟稳重。只有熬,才能让一个人学会迂回,他再也不忌讳别人的眼光了,你只管盖上盖子,给他时间酝酿。

可是熬出来,就是一锅鲜美的汤。人生有些痛,是要自己承受的,别人帮不了半分。你得把自己揉碎,让疼痛刺进你的骨子,风霜融进你的血液,而那个时候,你的人生才开始散发出美味。

在冬天,万物皆熬。想一想,人生又何尝不是熬过寒冬,才能等来花开呢?

 雪画人生

雪从遥远的唐诗宋词中走来,雪从广袤的山川河流中走来,像是赴一场约会,节令一过,雪便开始起身上路了。

童年的雪,是童话里的梦。

五六岁的年纪,最喜欢的就是下雪了。因为我的生日在腊月,所以对雪更加充满了期待。除了可以打雪仗,堆雪人,最主要的是,家里总是在下雪的时候熬上一锅腌制的鱼火锅,那好像成了一场关于雪的仪式。我们一家人围在炉火旁吃着火锅,等鱼吃完后,汤仍在炉火上熬着。到了晚上,把锅盖好放在庭院的雪地上,第二天早上就可以吃到美味的鱼冻了。我不太喜欢吃鱼,却对鱼冻情有独钟。于是小时候每个有雪的夜晚,我都在想象着,雪簌簌地下着,那个锅,孤独地在雪地里酝酿着,仿佛受过风雪后,它的精华才得以彰显。

而印象中的父亲总是在有雪的夜晚练着字,那夜晚的寒冷从他的笔尖一个字一个字地蔓延开来。我那个时候还不懂,有些意境,如果再平添一个不为所累的爱好,便是人间绝配了。

少年的雪,藏在青春的诗里。

记得初中时,一次周末放假,午后的雪刚停,我穿过庭院跑进屋,父亲正在炉火旁看路遥的《人生》。那是我第一次接触路遥,也是我第一次感受到生命的凉意。我才明白,有些人生中的冷,并不是多添一把柴火就能解决的。

而我的生命像开了一个口子,岁月不断地将有关寒意的词句往我的身体里灌,我经常坐在火炉旁还打着冷战。

"穿过县界长长的隧道,便是雪国。夜空下一片白茫茫,火车在信号所前停了下来"。在一个大雪纷飞的日子,我读了川端康成的《雪国》,久久不能自拔,觉得生命只是美丽的徒劳,文字仿佛将我也变得哀怨起来。

记得那年正月去上大学,坐在火车上,火车旁高大的树全部被白色的雪包裹,世界仿佛纯净如白纸。我在车上看刘亮程的《寒风吹彻》,"落在一个人一生中的雪,我们不能全部看见"。而那时,我觉得所有的雪,都落在了我的身上。

如今的雪,是岁月里的一幅画。

人生已过二十余载,有过热闹,也有过冷清。身边的筵席已散,只剩下自己。而我也渐渐与生活中的种种和解,如果有个人,愿意给你披雪赴约的惊喜,已经是恩赐了。如果没有,就在窗前煮雪烹茶,翻书写字。岁月像一幅画,需要留白,更需要沉默。每一场雪,都是久别的重逢,带来无言的心事,与惺惺相惜的懂得。

而那先我之前的雪,下在柳宗元蓑笠翁的孤舟上,下在白居易被压折的竹子上,更下在李白嘲笑王历阳不肯饮酒时的地上,也下在唐诗里、宋词里。那些美好的诗句,像一片片雪,落在我的扉页上,更落在我的岁月里。

雪,在诗人笔下是思念,是愁肠,是欢喜,也是奔放。在作家笔下,是我爱你洗尽铅华,是我爱你无拘无束。而雪,在我心里,是父亲书法中行云流水的从容,是我为赋新词强说愁的情愫,是"山回路转不见君,雪上空留马行处"的离别,更是"柴门闻犬吠,风雪夜归人"的希望。到最后,我才明白,人生啊,就像童年的鱼火锅,熬过无人问津的岁月,受过风雪交加的侵蚀,才能沉淀出最美的味道。

而那些文字，是我在茫茫风雪中，抵御孤独时的良药，迷惘无助时的兵刃，是我生命中的"千树万树梨花开"。是我生命的光，让我相信爱，相信慈悲，相信文字的信念能驱散人性的悲凉，相信人生不是美丽的徒劳，它应是雪落无声，却回答了所有问题。

当我携一首诗，穿过风雪，所有的希望与失望，都成了飞舞的精灵。而当我提笔，无言地爱着每一片雪，珍惜生命中每个场景，我早已是画卷中的人。

第三章

瓦罐的心事

关键词

哲思 筑心

读书不该是名利之路，而应是修行之路。少年们以书为友，以书明志，也可以阅己自省，亦能阅尽四方之心。低眉攻書，却也在骨子里藏一份书卷气，不惧岁月，无量悲欣。

# 瓦罐的心事

1

我仍记得那些瓦罐，它们横七竖八地倒在我的回忆里，它们不说话，就那样慵懒地躺着，东倒西歪。

我第一次见瓦罐，是在姥姥家。她用砖红色的瓦罐盛满米汤，每人只能分到一小碗就没有了，而我怎么也喝不够，只能期待着第二天再喝。我那个时候想，只有好东西才会放在瓦罐里，食物只有放在瓦罐里才显得虔诚。

那漂亮的瓦缸，盛满白米白面，才是好生活。

清早起来的第一件事，姥姥就去鸡窝里捡鸡蛋，然后像得了意外之财一样，把鸡蛋小心地放进瓦罐。

姥姥的院子里还有一口大大的水缸，每到下雨的时候，雨水总会注满水缸。等到天晴的时候，姥姥会在上

面盖一个竹子编的盖子,我会趁大人不注意的时候偷偷地打开盖子,那里有蓝天白云,还有一个我。

2

到了秋天,仿佛到了瓦罐闪亮登场的时候了。

姥姥会在清晨把瓦罐用热水清洗干净,然后倒立着放在院子里,瓦罐好几个站在一排,秋日的阳光,数着瓦罐的每一处纹路,也数着瓦罐的年华。

姥姥会把一些豆角、辣椒、韭菜和萝卜一点点地切碎,放在簸箕里。当蔬菜倦了阳光,开始烦躁的时候,姥姥就会让它们带着盐,去寻和瓦罐的际遇。

仿佛它们此生,是注定与瓦罐相遇的,口子一封,麻绳一系,石头一压,这无法避免的缘分就开始了。命运仿佛已画地为牢,谁也逃不掉,爱恨都逃不掉了。

3

很多时候,瓦罐都藏在床底,藏在门后,藏在墙角,藏在牛棚。

没有人问瓦罐愿不愿意,就这样,它们被人暂时遗忘，在无人问津的角落开始参禅。它们背对着墙，保持着沉默。没人知道，在那个漆黑的空间里究竟发生了什么，也没有人在意它的故事，人们只在乎开启瓦罐的那一刻的惊喜。

它比我们更记得时光，更记得岁月。我不知道，它是否会在一个有星星的夜晚，想起那些过去了的日子，想起那些途经过的蔬菜，发出哀怨的叹息？它是否也有自己不得已而为之的无奈？可是谁又会去在意一个瓦罐的心事呢？

人们都只是在等待一场蜕变，等待酸的变酸，甜的变甜。它甚至像一所学校，所有的蔬菜都在这里毕了业，被人夸奖，或者诟病。而它退了休，在门后，在墙边，在屋檐下，它可以在任何地方，就是不会再在人的心上。人们只会想着，我还有一瓦罐的鸡蛋，甚至一瓦罐的猪油，绝不会在掏空了食物之后，还惦记着瓦罐。

瓦罐，只是人们生活中的一个容器而已。

不过这有什么要紧呢？它的肚子那么大那么大，可以盛下一整个天空的阴霾，可以盛下春夏秋冬的雨露，你大可不必在乎地任意填满。

4

我还记得以前每到深秋,父亲都会去帮姥姥摘柿子,柿子树那么高,只有炊烟才能够得着。可我们都不是炊烟,只能借用梯子。我看着父亲顺着梯子,脚踩在枝丫上,一会儿就摘了很多。摘下来的柿子硬邦邦的,颜色也不够鲜艳,姥姥把柿子放在瓦罐里,再放进去两个苹果。一段时间后,柿子就会变得软糯香甜,即使柿子全部离开了,瓦罐里也还残留着柿子的清香。

这恐怕是瓦罐的一生中,最甜的一场相遇了。

可并不是所有的瓦罐在一生中,都能遇到柿子,而所有的柿子,在成熟后都会离开瓦罐,这是谁都无法改变的。

于是柿子成了瓦罐的秘密。在开启瓦罐之前,一切都是秘密,也许是好的结果,也许是坏的结果,可那些都是大人们关心的秘密。而只有柿子,是只属于瓦罐的秘密。

5

有次母亲也想腌制一些鸭蛋,她专门去姥姥家附近挖了黄土,然后买了鸭蛋在院子里进行腌制,她把沾满黄土的鸭蛋放进瓦罐里。我想象着不久以后我们就可以吃到咸鸭蛋了。

我还记得那是暑假的一天下午,邻居小伙伴喊我去捕蜻蜓。母亲让我早点回家,晚上要煮咸鸭蛋。原本我技术很好,可那天,我心事重重,因为一心想着回去吃咸鸭蛋,结果战绩可想而知,很不好,我便早早地回了家。听着厨房里传出的锅碗瓢盆的碰撞声,我飞奔进厨房,母亲突然说:"哎呀,全坏了!"我赶忙凑过去问:"怎么可能?咋坏了呢?"我的心闷闷的,那是期望落空的感觉。

母亲把瓦罐里的鸭蛋都掏了出来,发现没有一个好的,母亲觉得太浪费食物了,怪自己,怪天气,唯独没有怪瓦罐。我不知道那时候的瓦罐,是否也满怀心事呢?

6

后来,街头上摆的瓦罐被换成了玻璃罐,还有塑料罐。人们再也不用瓦罐了,他们开始嫌弃它又笨重,又不美观,还无法从外部看出食物的好坏。玻璃罐可以密封,人们把蔬菜放在里面,没事的时候还可以观察一下。那些笨重又易碎的瓦罐,被人抛弃了。

更多的瓦罐,被扔在院子里,成了鸡鸭喝水吃饭用的器皿。有的被扔在废弃的墙角,下雨的时候,瓦罐里盛满了水,再也没有人想起它,慢慢地成了一坛死水。有的斜倒在屋檐下,沾满泥土。

岁月对人都下得了狠手,更何况是一个瓦罐呢?就像被人随手就扔掉的荒草,瓦罐躺在地上不说话,我想它此时,无话可说。因为它知道,它的余生,再也等不到一个柿子了。

7

瓦罐,承载了上代人太多的感情。我想起那些瓦罐,曾经被人抱在怀中,小心翼翼,没有谁敢心不在焉地拎着。人们揭开盖子,像揭开一个季节的秘密。可如今,瓦罐在经历了时代的变迁后,被人彻底遗弃在了角落。

瓦罐的肚子里装了太多太多的东西,有些故事走进去,又走出来,它们经过瓦罐,又去了下一站。炊烟绕着柿子树转了一圈又一圈,瓦罐望着天一年又一年,不知道那时候的瓦罐,是否在梦里,幻想过自己是一缕炊烟?瓦罐躺在草地上,看着炊烟飘向柿子树,缠绕着最高的那一个柿子，不知道是否会心生羡慕？

可是它什么都没有说。

有什么好说的呢？

所有的岁月都不紧不慢地熬着，太多的日月，它已经盛过。装过水，装过米，装过父母的青春，也装过我的童年……仿佛被生活装满再掏空，瓦罐对于岁月，从来都是过客。

瓦罐已经装不下太多的日月风尘和积聚的情结。它最擅长的，就是放下。

8

没有人愿意打探一只瓦罐的心事，就像别人无暇顾及你的心事一样。那也许是关于一颗柿子的微笑，也许是关于一枚鸡蛋的来历，也许是关于一串辣椒的狂傲……而当有一天，罐口对着太阳、对着炊烟、对着柿子树时，它却什么也没说。它也许是害怕炊烟，把故事带向不可知的远方吧。

如果瓦罐有手，它肯定要在月光下抄写《道德经》；如果瓦罐有胃，它肯定要去喝啤酒。可是瓦罐什么都没有，陪它的只有时间。瓦罐睡在一束月光里，假装睡在一缕炊烟里。

　　也许,它只是老了。它不敢再想了。

　　与瓦罐一起老去的,还有姥姥,她已经腌不动咸菜了。柿子树也被砍了,梯子再也用不到了,炊烟都散了。

　　它终究什么都没留下,可每缕日光的痕迹,证明它来过,那时,柿子满山坡。

　　我想起童年时水缸里自己的模样,而如今自己的内心也藏起了一个瓦罐。在微风中,在阳光下,甚至在一个梦里。

 **安慰是个锔瓷匠**

小时候在图书馆读书时，看到这样一个故事：

一个女孩的双亲去世了，家里办丧事来了很多人，那些人都怀着悲悯的心，说着女孩如何可怜，如何不幸，女孩坐在门口，看着人来人往，心里感到厌倦，一直都没有说话。后来，来了一个男孩，女孩想，如果这个男孩还是说些可怜她的话，她就装作听不见。可是男孩走到她面前，并没有提她双亲去世的事，而是静静地坐在女孩旁边，说了一些生活中无关紧要的事情，说院子里的树，说天上的月亮。男孩说，不知道明年这个时候，我们还会不会一起看月亮？说完男孩走了，虽然没有一句安慰的话，可是女孩每次想起，心里总是能感受到温暖。

有时候安慰一个人，并不是把他的伤疤揭开来，细数伤痕，而是让他对未来产生期盼，哪怕是因为一缕月光。

小时候不会安慰人,班里有同学成绩考差了,我就告诉她,还好她不是倒数啊。大学的时候,朋友失恋了,我就告诉她这样做是对的,告诉她她的男朋友有多"渣",听完她哭得更厉害了。随着年岁的增加,我慢慢觉得,不揭人伤疤,也是一种美德。

最好的安慰是什么?我想到了锔瓷匠。

小的时候,因为物质贫乏,家里的瓷器有了裂痕,总要找锔瓷匠给补好。"没有金刚钻,别揽瓷器活。"说的就是锔瓷匠。我见过补碗的师傅,敲敲打打,不用胶水,单凭着金刚钻和铁钉,就把破碎的碗修补得滴水不漏。他们能够让破碎的东西散发出更高级的美。

在我眼里,锔瓷匠分为两种:

一种锔瓷匠,他们做的都是粗活,用的工具也不是那么精细,修补瓷器就像打补丁一样,先把碗破碎的地方固定住,再钻洞,用铁钉连接,碗便能再用了。他们只管实用,不管别的。

另一种锔瓷匠,他们把修补当成了一种艺术。在行业里经常流传一句话:补花不补疤。在他们的眼里,破碎的东西,因为人们的珍惜,反而更珍贵。锔瓷匠利用裂纹的走势,用各种金钉、银钉、铜钉,在有裂纹的地方,补上图案或者花纹,他们能够化腐朽为神奇,不仅修补好瓷器，而且能够凭借自己的手艺使其身价倍增。正因如此，有人专门在紫砂壶里放黄豆，黄豆遇水膨胀，把紫砂壶壶壁撑破，再请锔瓷匠锔成花纹，让自己的紫砂壶成为一件艺术品。

而我们的人生就像一件瓷器，谁又能保证，一辈子能够不经历风雨，没有破碎的风险呢？身上有几道疤痕再平常不过，可是在那段愈合的时光，我们到底经历了什么？

你已把你的伤口缝合好，等着伤口慢慢愈合，让别人觉得你并没有什么不同。而总有人喜欢把自己对他人的怜悯当作善意，馈赠于人，不管别人是否愿意接受。那些不礼貌的安慰，像射击健将射出的箭，一遍又一遍地对准你溃烂的伤口，次次击中靶心。为什么要去做言语的打靶者，而不做一个安静的锔瓷匠呢？

在需要安慰的人心中，他们渴望得到别人的认同，忌讳别人把他们放在一个过去的时态，永远说着过去，细数破碎的痕迹，强调他们的不完整。而锔瓷匠不一样，他们做的第一件事就是先把瓷器拼凑完整，他们懂得如何去规避和掩盖这些残缺，甚至让这些最脆弱的地方，附上最美丽的盔甲，让它们散发出更独具匠心的美。

怜悯只有过去，而珍惜，才是细水长流，来日方长。很多人，仅仅是希望，你给他一个点头，告诉他是个有未来的人啊！但愿我们面对别人失意时，不是言语的射击者，而是一个高级的锔瓷匠。但愿我们能把那些裂痕锤炼成独一无二的人生底色，而我们的身边，永远有一个未来可期的人。譬如，你只要想到那一缕月光，便觉得温暖了时光。

 **曾是书香照路人**

我真正的读书自由是从高中开始的。

高中时,常和同学去校门外的书摊租书,她租言情的,我是看谁的名气大,就租谁的。我是从那里读完张爱玲的小说,也是在那里知道了村上春树和夏目漱石。而那时候的书大都不能白天看,老师会没收的,于是在每个有月亮的晚上,我都把这些书夹进课本里,带回家去,当作复习功课一样认真地看。所以,高中的书几乎都藏进了月光里。窗外的月光铺满我的书,仿佛是为我举起蜡烛准备了一桌的夜宵,无人争抢,等我独享。

后来我发现,我看得快,忘得也快,看完却不能拥有那些故事的记忆,于是我便想到了最笨的办法。

我买了一个本子,把美好的句子都抄下来,甚至随手写写读后感。为了使其看起来不无聊,我还画了很多插图,譬如高中时那小人书中的男孩女孩,花花草草。

虽然书还给了人家，可是书中的精华都被我抄了下来。我感觉那些话写得真好呀，因为翻得多了，甚至看着插图，就可以把那页的内容背下来，于是我的作文自然也是文采飞扬。

到了大学后，书又被藏进被窝里。我开始有钱去买自己喜欢的书了，可还是改不了那个习惯。凡是看书，总要拿笔拿纸，唯一不同的就是可以在书上做批注，圈圈画画了。上大学的时候，我的床在上面，下面是桌子，我喜欢睡前看书，把书堆在自己小小的单人床上，真是一窗明月半床书。我平时是个不爱收拾的人，喜欢随手拿来一本看，再放在一边，常常是搂着书香入眠。

而这时候，我已经能写出完整的文章，不需要再向别人借句子了，那些书中的智慧，被我从书中放到笔尖，再放到了自己的心里，甚至又赋予了它们新的意义。

但我还是会读书。我感觉世界仿佛一片森林，我们都是要伐木过河的人，唯有采集到适合自己的树木，才能加工成我们想要的船。所以看书，不过是寻找良木，而书中的精华，是我们需要的木材，唯有用最好的材料，才能造成最好的船。

离开校园后，书不用再躲藏了，我却把自己藏进了书里。迷惘的时候看书，寻找智者的开导；孤独的时候看书，寻找相同的灵魂；无助的时候看书，寻找新生的力量。慢慢地，我发现那些俗世的忧愁、烦躁都没有了，读书反倒成了一种享受。那时我才发现读书是一种生活态度，也许读书并不能改变容貌、地位、生活，但是读书却能让我们对待容貌、地位和生活时产生不同的心态。

　　曾是书香照路人。读书便是那灯引，照亮我们或迷茫或黑暗的路，让我们在后来的路上，心里总有光可依。

 **扇炉子的哲学**

我常常想起小时候扇炉子的情景,那时候,还没有煤气灶,家家户户都用煤炉。

那个炉子,解决了我们家所有跟吃有关的事情。平时不用的时候放上一壶水,一整天都有热水用。除此之外,还可以取暖、烤馒头片,甚至烤衣服……

可是,炉子隔三岔五,总有熄灭的时候,也许是炉子下面的眼儿拔得太松,煤球燃烧完了;也许是眼儿插得太紧,火苗没有燃上来。

每次父亲都会把手放在水壶上,来推测炉子熄灭的时间。如果壶身冰冷,那一定是上半夜就熄灭的。如果壶身还有余热,那一定是清晨熄灭的。

可是不管如何,一家人还要吃喝。父亲就会把炉子提到院子里,开始扇炉子。

父亲喜欢收集木匠家里的刨花和木屑,用来帮煤球引火。只见父亲往炉子里扔几片点燃的厚纸片,再抓一把刨花进去。待刨花着火后,在上面放一块煤球,然后对准下面的风门,开始扇炉子。刨花在风中忽明忽暗,直到把煤球点燃,炉子开始冒出阵阵青烟。

后来我听到一句话:"我的心里有一团火,可路过的人只看到烟。"我想,那时的炉子就是这般吧。

烟就那样飘着,火也在慢慢地蔓延。

等我长大一些,扇炉子的活儿便交给了我。开始的时候我很焦急,觉得这种重复的事情很无聊,只想着扇完就跑。于是扇得特别快,不一会儿就胳膊酸痛,停了下来。颇有"一鼓作气,再而衰,三而竭"的感觉。没有持续的风,煤球便好像动力不足,慢慢熄灭了。

后来,我琢磨出了技巧,扇炉子一定要力度均匀,不可间断。风不可过猛,但也不能太小,不然没劲儿,刨花烧不起来。借着那一阵阵风,纸片把刨花点燃,刨花把煤球点燃,直到煤球的一部分变成红色。那炉子就彻底点燃,可以散发热量了。

长大后离家上学,家里换了煤气灶,我再也不用在清晨扇炉子了。

也是长大后我才发现,每个人心中都有一个炉子,那就是我们的梦想。要烧一道恰到好处的火,保证火的绵延，太难了。我们大部分的人，都会因为世事无常，而熄灭自己内心的火焰。

都说不忘初心，方得始终，但是初心易守，始终难求。这世间很多事情，拾起容易，放下也容易，难的是，能一直手持扇子，维持永不熄灭的火焰。

后来的我也曾携带着梦想，去了远方；也曾在风雨中，撞了南墙，但内心却一直炽热。

因为每当我身处沼泽的时候，我就想到小时候扇炉子的场景。若是我想从那里讨一碗热汤喝，就得保证炉子中的火一直不灭；而若我想看看那梦想的色彩，就得保证心里的那团火永不熄灭！

 **书卷多情似故人**

没有什么比读书更能让我走进世俗,也没有什么比读书更能让我远离尘嚣。岁月蹉跎,人事更迭,你问我什么是永恒,我会告诉你,不是爱,也非恨,而是读书,是读书让我沉淀一颗遗世独立的心。

在书的面前,我觉得我还是个孩童。书会带着我看风景,一会儿带我去看唐朝的诗会,一会儿带我去看宋朝的灯会。文人墨客,曲水流觞,我紧紧攥着它的衣角,害怕走丢在岁月里。

我好像没有挪一个步子,却也如同奔波了千万里。去惠州看一看东坡,去江南看一看居易。去唐朝,喝一杯最苦的酒,听一曲《琵琶行》,看最冷的月光洒在画舫。去清朝找曹先生,为他烹一杯茶,替他清扫整个生命中的雪。我在书中,看到了时光的最深处,也看到空间的最深处,指尖在书页中徘徊,那时光也在我眼波中游走。我的目光,去了唐宋元明清,去了上下五千年,还不够,还要漂洋过海,翻山越岭,去看那春花开,夏虫鸣,秋叶落,大雪飘。

阅读之于我,是时光之船。人生已过二十余载,我也自作多情地感受了那么多人的悲欢离合。有一次,我读白居易的《琵琶行》,爱不释手,爱屋及乌,倾心于白居易,遂翻看了许多有关白居易的史书。书像给我打探小道消息的朋友,悄悄在我耳边说着白居易的逸事。

阅读之于我,也是灵魂慰藉。无数个深夜,它倾听我的每一个秘密,用星光点亮我的每一个黑夜,它也时常携来大家与我座谈,在我失意的时候,在我被中伤被否定的时候,告诉我岁月不曾亏待我。它让我扔掉看得见的东西,去改变看不见的世界。它让我知道灵魂的丰盈是不惧将来,不畏过去。

读书的人,思绪总是更加细腻。看见雪花飞舞,我突然想到刘亮程的《寒风吹彻》,于是想善待每一个寒风中的人。看见街头巷尾的小贩,因为《卖炭翁》,不愿与辛苦做小本生意的人锱铢必较。也是读书,让我更加智慧,让我知道桃花潭没有桃花,让我知道元稹的"取次花丛懒回顾,从来不是"半缘修道半缘君"。让我知道李绅是最没体会到"谁知盘中餐,粒粒皆辛苦"的人。

阅读如同修行，当我看到那些为家国情怀而舍小我的人，当我看到那些因硝烟战火而流离失所的人，当我看到那些爱而不得的人，我的眼泪流了一次又一次，心也痛了一次又一次。我体会了家国的痛、爱情的痛、亲情的痛，我也体会了国家富强的喜悦，有情人终成眷属的喜悦。我在书中，随着主人公，爱了、恨了、痛了、绝望了，上一刻还心如艳阳，下一刹那便心如死灰。我的心如一张硌手的草稿纸，而读书让我把最美的诗句刻在纸上。诗句已经揉进心里，风骨已经溶进血液，而纸张已经柔软细腻，我终在岁月里，修得一颗柔软心。

读书不该是名利之路，而应是修行之路。是阅读，让我们知世故而不世故，让我们怀有一颗慈悲之心，低眉欢喜，却也在骨子里藏一份书卷气，不惧岁月，无量悲欣。

书卷多情似故人，在岁月中跋涉等待。而你我，因阅读，更是时光的故人。

# 小镇邮局的旧时光

  小时候的我在镇上生活,小镇不大,却有家邮局,门口总是聚满了人。有去取包裹的,还有给亲人寄信的、汇钱的、取钱的,好不热闹。每次路过邮局,我都会多看两眼,觉得它是通往外面世界的渡口。

  邮局旁有个绿色的邮筒,那时我总怀疑下面有一条秘密通道,把信放进去,那些信就能跨越千山万水,到达要去的地方。

  曾经我觉得邮局就是给人带来惊喜的地方,后来才明白,它也能给人带来失落。

  上学后,每次开学,老师都会在班里宣传订报纸。我也想订上一份,觉得邮递员每天把报纸送到手上,有一种被人牵挂的幸福感。可是每每想到父母赚钱的辛苦,哪里有闲钱买报纸?便不敢再有这个想法。

  家庭条件好的同学,都会订上一学期。那时,我坐

在靠窗的位置，每天早读的时候，就看到邮递员骑着自行车停在校门口，将一大摞报纸交给门卫叔叔，不一会儿门卫叔叔就会把报纸送到办公室，老师随后就会发放给订报的同学们。

那些同学在全班同学的注视下拿了报纸，就像拿到一张奖状。虽然早已习惯，可每次看到同学欢欣鼓舞，还是心里生出一丝失望。邮递员的包里，从来不会有一份是给我的，同学口中的热闹，也与我无关。

初中的时候，小镇还没有一家书店。有的同学去县城逛街的时候，会买上几本杂志。无聊的数学课上，后排的同学将杂志压在课本下偷看，看完后再借给班里人传阅，一本杂志就这样在班里行走，直至走遍每个角落。可是每次，我都是借书的那个人。

直到有一次，一本杂志上的一句话吸引了我：作品一经刊发，即奉上样刊和稿费。我突然觉得，好像找到了不花钱也能拥有很多杂志的秘诀，邮递员的包里，也许会有我的一份期待。

于是，我开始给杂志投稿。我将文章写在日记本上，反复地修改，直到找不出一丝错误，然后再工整地誊抄在材料纸上，有一个错别字都要重写。那时候的我，有的是激情与热情。抄好后，我将它们装进信封，然后去邮局邮寄。

寄信的那天,我一个人走在不怎么平坦的路上,幻想着也许下一秒就发表了,心里充满了欢喜。那时候,我不敢将投稿的事情告诉任何人,只觉得这是青春的秘密,只有邮局知道。

接下来,是漫长的等待。每次看到骑着自行车的邮递员,我都会想,他会停在我家的门前吗?周末的时候,大家都喜欢在镇上闲逛,去饰品店买发卡,去步行街买衣服,我却没有心思想那些。我总是一个人偷偷地跑去邮局,在旁边行,然后进去看一看。我多么希望里面的邮递员能叫住我,说有我的信!我多么害怕他们因为不小心,弄丢了我的信!

那时候的邮局门外,总有一个心怀期待的女孩的身影。

终于,在一个临近高考的日子,一位邮递员将一张稿费单和两本样刊送到了我的家里。那是我收到的第一笔稿费,12块钱。周末,我跟着妈妈去邮局兑稿费。邮局的工作人员看了一眼单子,说了声:"稿费?"然后给我取了钱。在一声疑问中,我内心的喜悦飞上了头顶。这也成了邮局带给我的最美的回忆。

这些年,因为社交软件的出现,大家再也不用寄信了。手机支付也基本代替了现金交易，大家不再会为了取现金而去邮局排很长的队。更多的快递公司涌现，有的比邮政还要便捷，甚至我每次往家里寄东西，都要绕过邮政。小镇也有了改变，一些荒野盖成了房子，修成了街道，变成了商店。而邮局的那条路，因为地势不好，又比较狭窄，所以一直破旧、暗淡。像是已被小镇遗忘，活在了旧时光。

之后有一年，有几本杂志误将稿费单寄到了家乡，恰巧那几天，我在老家。妈妈拿给我，说你自己去取吧，正好走走转转。

像很多年前的午后一样，我独自走在破旧的街道上，突然想到曾经的那个小女孩，就是在这样的路上，一蹦一跳，渴望收到一本样刊。

邮局没变，门口邮筒依旧，只是变得冷清了。当我递过稿费单的时候，工作人员抬起头，冲我说了一句："你都长这么大了啊！我上次见你的时候，你还在上学，跟着你妈妈来取稿费。"

我惊讶于工作人员的记性如此之好，诧异地问："那都是十年前的事情了，你怎么还记得？"他说："因为来兑稿费单的，这么多年只有你一个。"

那时的我，满心满眼都是那张稿费单，不曾看过玻璃窗后面的人一眼。可那一刻，我却觉得十年前的秘密，我们曾一同分享。

　　我想起那些关于小镇邮局的旧时光，内心五味杂陈。在这个快得车马都追不上的时代，它却同我一起缓缓而行，将秘密藏得很久很久，将人遗忘得很慢很慢，也将梦做得很长很长。

庭院深深记忆长

1

假日居家,生命中多了一些时光,闲下来,发呆,看书,看日光。

这几天天气也是出奇地好,阳光透过玻璃,照在我的窗前,一坐便是半天。

我突然很怀念我的院子,和院子里那些花草。

2

小的时候,我住在家属院里,每家都有自己的院子,院子是泥土和砖混合铺出来的,零零散散地铺几块砖,剩下的空隙全靠土来填满,在这样的间隙中,杂草顽强地生长着。

每个人走过,总要踏过草,所以草一直长不高。那个院子里没有一种我能叫出名字的植物,也没有人愿意专门去打理。好像来者是客,地上长了什么,就当种什么。

我想起鲁迅先生的百草园,我想我的院子里应该也容纳了许多种类的植物,名字已经被遗忘在了来的路上,同样被遗忘的,还有我的童年。

红色的门经常虚掩着,可是却没有一个孩童误入我家。我想,这个院子也是寂寞的吧,它藏着小时候的我,只有风知道,雨知道,这些草木知道。

它们成了小小的我的小小的朋友。雨后我看见厨房的墙角,有许多绿油油的青苔,长成一排,挨挨挤挤,它们监视着我,看我每天在院子里来来回回。院子里有一段被拔起的树根,树已不知去向,根须绵延,我在上面摔过好几个跟头。每到雨后,上面就长满了小小的蘑菇,却依然阻止不了它成为我儿时的板凳。

墙角的杂草里,藏着我的小宝藏,一把生了锈的小铲子。有时候无聊的我,会拿几块砖,堆成一个小厨房,拿铲子铲些形状不一样的草,当作不同的菜。那把铲子上锈迹斑斑,定是被人遗弃的,它同我,一起探索着这个院子。

我可以自己做菜做一下午，每盘菜上放几个蛇果做点缀，也可以在院子内捉蜻蜓、捉蚂蚱、捉蚂蚁……有时候，我也如同这庭院里的将军，我拿着小树枝，给每一束草编上一个数字，我教它们认字，数数。风儿吹过，哪个不听话的瞥眼去看，我就要抽它几棍子。我占山为王，庭院里一站，铁铲一拿，所有的草木命运都在我手中。

我觉得植物都是会察言观色的，以往我们在的时候它就抱着头，趴在地上，一副膜拜状，让我们放低对它的警惕。我也竟没注意到那些草的狼子野心。可那年暑假，我跟妈妈去了爸爸那边，等开学再回来时，打开门一看，天哪，这还是我的院子吗？草已经长得有我那么高了，一院子的草，让人无处下脚。我猜，我不在的那段日子，草们肯定可兴奋了，不被人踩，不被人拔，一副"山中无老虎，猴子称大王"的姿态。

那天我们拔了好久好久的草，我拿着铁铲，像检阅士兵的将军，一排又一排点着；又像剃头师，把草都剃成了一个个小平头。

没有草的地面，不会再绊倒我，只是泥松了。下雨的时候，我在屋内看着雨水落在地上，打得地面一个坑一个坑地冒着水泡，我观望着这雨和泥的大战，雨把泥打湿，泥把雨抱走。打雷好像是天空按的快门，不一会儿，雨停了，天蓝草绿，天空像刚洗出的照片，还调了滤镜。

我想只有在雨后，我们才能像一只羊，嗅到泥土和草的芬芳。晾衣绳上，有未滴落的水滴，摇摇欲坠，在练习着杂耍。电线把天空分成好几片，我们在其中的一片下安静地生活。

那种近乎放养的院子，在我放养一般的年龄里，旁若无人地疯长着，欢喜着，也告别着。

没有人永远拥有放养的人生，院子也是。到了上学的年龄，我们离开了那里，有了属于我们自己的房子。

3

房子里仍然有个院子。院子里有两个花坛，草只能长在规定的地方，其他地方都是水泥地，草再也钻不出来。院子里有小桌小椅，放学后，我在庭院里写作业，练字，读书。

我的小铁铲和我的童年一样，被遗弃在那个院子里，记忆不开门，就再也不会出现了。

花坛里种着我认识的植物，爸爸把君子兰种在了花坛周围，找邻居要来了凤凰花的种子，还种了牵牛花、栀子花，搭了葡萄架。爸爸说，那样夏天就有纳凉的地方了。后来我读到"红了樱桃，绿了芭蕉"觉得特别美，可是当时樱桃树并不多见，于是我们又买了一棵芭蕉树种在院子里。

上学那年，爸爸又在后院种了一棵梨树，两棵桃树。爸爸说，那是有纪念意义的。

初夏，栀子花香充满了整个院子，一朵接着一朵开，像赛跑一样，连夜里也不松懈，有时候，头一天看还是花骨朵，可是过了一夜，就已经开得雪白雪白的。那棵栀子树，让我想起了那些疯长的草。

牵牛花成了我的闹钟，清晨六点钟左右，是牵牛花开得最美的时候。等过了七点，牵牛花就已经开始缩起自己的喇叭。所以想要一睹芳容，必须早起。家里人一看我早起，马上讲起"一天之计在于晨"的道理，起都起了，不如背书，倒是因着它努力了不少。

到了第二年，桃子和葡萄都已结果。葡萄像个攀缘高手，顺着墙壁爬上二楼，又爬到别人的窗户边。我曾迫不及待地摘下那些未成熟的青葡萄、青桃子，因为我担心如果不提前下手，会被别的孩子摘走，吃酸的总好过尝不到吧。

可是那棵梨树从来没有结过梨子,它像一个怎么说也说不通的人,就站在那里,不给你一个回答。

渐渐地,我们都不管它了,甚至忘了,院子里还有一棵梨树。

4

有一次,有个同学提议,附近的家属院有漂亮的植物和花朵,可以去采摘。那时候的女孩子已经知道爱美了,几个同学叫上我去摘凤仙花,将花朵捣碎后可以染指甲。走过那条路时我一眼就认出了我的房子,大门紧锁,门前还有一些杂草。我猜想那院子里,没了我这个"将军",肯定又开始乱起来。我要像以前一样,拿着小树枝,敲敲它们的小脑袋,给它们提个醒,教它们背背诗,教它们低着头生长,千万不可太张扬。

那天我悻悻而归,并没有因为涂了指甲而高兴,反而有些想念我的那个院子了。虽然它破败得像一个杂草收留站,但是那时的我同草一样自由,我想我是怀念那些自由的岁月吧。我再看看如今的庭院,杂草竟然一棵也长不出来,花儿娇羞地开着,尤其是天热的时候,凤凰花红得刺痛了我的眼睛,种子被太阳照得昏昏欲睡,最后落在地上睡着了，接着会长出更多的凤凰花。

后来那个院子被别人买了去，等我再路过的时候，已经翻新成一座两层小楼房。院子里的地面也用水泥抹平，门口盛开着月季和凤凰花。墙角处仍有我的那些小兵小将，三三两两，如一位老人，抱着肚子躺着，晒着日光，不问春秋。那些月季和凤凰花不认识我，一动不动，只有草儿，迎风抖动两下，沙沙声，如同老者低声说了一句，你回来了。

我已经可以叫出它们的名字了：牛筋草、泥胡菜、马唐草、小飞蓬……然而却再也听不到回答了，当我叫出它们的姓名时，便不能再与它们为伍了。

5

我已经长大，可以两腿一跨，就骑上自行车，再也不是坐在自行车后座的那个小女孩。我可以骑车几十里去外婆家，那一路上，我会看到很多的草，很多的树，它们会住进我心里的庭院，填满我内心的荒漠。

旁边围绕着山水和花草，我如同在画中游。我常常骑得飞快，害怕万一有老虎追来该怎么办。每次去姥姥家都要经过一个坡，我都要气喘吁吁地推着我的自行车往上爬,再一鼓作气飞奔下来,很是畅快。

外婆家是动物和植物的王国,养着十几只鸡,还有蔬菜瓜果。进了巷子,我首先看到的是外婆家的炊烟,空气中飘着肉和蔬菜的味道。每次去外婆家,外婆都要给我炖一只鸡,那炊烟,飘到这儿,飘到那儿,天空像一张宣纸,炊烟写着有味道的书法。

对于村子里的人来说,他们没有那些闲情逸致侍弄花草,他们种的大多是可以结果的植物。

外婆家门后的菜园里,种着辣椒、西红柿等应季蔬菜,院子里种着柿子树和梨树。还是弟弟上学找同学要来了美人蕉的种子,在院子里种了一棵美人蕉。弟弟说美人蕉开的花特别好看,这个院子,如果除了绿色没有别的颜色就显得太单调了。

院子里有个大水缸,外公会把钓到的鱼放在水缸里。夏天的时候没有冰箱,外公从井里打来凉水,把西瓜冰镇在里面,午睡后吃简直不要太惬意。

院子的竹篮里放着已老的黄瓜、西红柿,我最喜欢吃炒黄瓜丝,外婆一直都记着。那时的午后,我穿着白裙子,坐在巷子里吹着风,吃着西瓜。来往的邻居都夸我长得快,长得高,是啊,我起身,手一抬就触到了门头,再也不是那个连门槛都跨不过去的小孩子了。

吃过晚饭后我们拿着棍子打梨，有时候我望着望着，梨子自己就掉了，大概它迫不及待地等着我吃它吧。晚上的时候，萤火虫也会来，藏在瓦下，又出现在我面前，和我玩着捉迷藏。我昂着头，星星在偷看着一切，偶尔会听见狗叫，来自很远的人家。

回去的时候，外婆总会给我带蔬菜，带瓜果，我骑着自行车在前面，外公骑着三轮车跟在后面，就这样穿过一片片山川河流。

6

后来，院子里的植物如同生命走到了尽头，慢慢地不再开花，成了光光的枝干。因为房子要装修，爸爸砍掉了其中的两棵桃树，葡萄树也被连根拔起，芭蕉只剩一段烂根还在土里撑着。好像只有那一棵梨树，开花落叶，一切如旧。

我去外婆家，以前要骑一上午的路程，现在开车十几分钟就到了，路已经铺平，手也不会再麻了。

外婆也没有精力去养鸡了，鸡病的病，丢的丢，慢慢地都离开了外婆。那柿子树和梨树结的果子也慢慢地不如以前，好像已经走过了自己最辉煌的几年，开始看淡世俗了。外公走后，再没有人去爬梯子摘柿子，索性就砍了。砍的地方用水泥封住了，如果不经意看，不会看出痕迹，更不会想到，这里曾经有一棵柿子树，能点亮整条巷子的清晨，撩拨远近孩童的馋虫。外婆嫌弃梨树遮挡太阳，也砍了，院子里只留了那棵美人蕉，外婆说不想让院子太单调。

我知道外婆已经不在乎树结不结果子了，又能吃几个呢？这院子里，光有一株美人蕉就够了，别的外婆侍弄不过来。那些有太阳的午后，外婆会一个人在庭院里晒着太阳，她说没有鸡鸭和树的院子利索、宽敞。

村里的人走得差不多了，有的被儿女接进了城里，有的被埋进了山里，还剩下一些人，守着这个村子，那是他们一辈子的记忆。我走过那条巷子，再也看不见几个人，烟囱不再冒烟了，也没有人再夸我长得高了。

只有那些老年人，在巷子前，看风看月看日光，目光所及，皆是思念。

就如外婆的庭院，承载了她太多的记忆，早已经很满了。我和弟弟的嬉闹争吵、外公的劝架，都已经化为风，吹过每一片瓦，吹向更远的地方。

7

那些曾经长满草木的地方，那些被用水泥抹平的地面，那些我经过的庭院，都化作了一场梦。

你看那草，一年又一年，春风吹又生，走了又来。可是人走了，便不再是那个人了。我经过庭院，如同经过一个人的一生。我突然想起曾经的那棵梨树，因为没有结果实而无人问津，如今还是那样，开花落叶，自己一个人看着风花雪月，春去秋来，寂寞地落叶，老去。曾经它也是被人寄予了希望的梨树啊。可是谁又能说它不是快乐的呢？也许它看到了最远的山，最亮的星星。

闭上眼睛，瓦下听风，檐下听雨，竹篮盛云，清风唱歌，我好像一切都有了。那是我内心的庭院，墙角仍然有未除掉的草，慢慢地，把曾经的遗憾与孤独一点点缝合，把曾经的人事悲欢一点点掩埋。记忆中的植物在里面肆意生长，直到填满我内心的整个庭院。

 听风的人

1

风从四面八方吹来,吹进我的生命里,而我已经不再像曾经那样,想去看一场落叶了,生命中很多闲情都被生活踢了出去。这么多年,我已经学会藏好自己了。

我会在偶尔空闲的时候,站在窗前,看一看远处的树,远处的山,山水黯然失色。现在,又有哪个天真的人会将自己暴露在风中呢?

晚上躺在床上,我听见风在咆哮着敲门。它把一些歪着的树摇直,又把直着的树摇弯,就是一副这样也不行、那样也不行的样子,树叶落了一地。它总是这样,任性而调皮,让人无可奈何。

记得以前的时候,我还是喜欢在风中,做出追赶它的样子,甚至与它对抗的样子。而近两年,我却对风过

敏。说来也可笑,每次刮过大风,我的脸上、手臂上都会出疹子,去医院查了很久,说是冷空气过敏。如果有大风,我便躲在屋子里,或者把自己层层裹住,真是与风无缘了。

曾经喜欢追着风跑,将人间看遍,也将心事赋予风,摇得满城皆知。而现在,我想静静地做一条溪流,生怕再打扰到别人,我也没有那摇落一城叶子的雅兴了。

2

前段时间听说,我以前常住地附近的那条路上,所有的柳树都换了。我有点怅然,但我只是很平静地看看窗外,没有多说一句。玻璃窗外,街道干净,路灯明亮,只有风在游走着。然后我挠挠头对自己说,瞎操心,我已经不在那儿住了,风刮不刮,树砍不砍,和我有什么关系呢?

可我还是想起曾经住的那个房子,道路两旁种满了杨柳,每到春天,柳絮乱飘,餐桌上、书本上、衣服上全是柳絮。那时我也会过敏,可我却没有怎么在意,总是喜欢穿着长裙骑着自行车在那条路上晃荡。三月的风都是暖的，金色的余晖洒在我身上，我像是乘着光的骑士，踏上了自由的征途。如今想来觉得很美好。

我说这些，并不是我想回去啊，人怎么能走回头路呢？我只是有些感慨，我以为路比什么都永恒，它平躺在大地上折不断，刮不走；我以为树比什么都更接近永恒，它根植在大地上年年岁岁，见证了那么多人的悲欢离合。可即使这样，路还是免不了被凿开、挖开，树还是免不了被连根拔起。路边再种些与我无缘的树，填上新鲜的土，再抹上水泥，它将是一条崭新的路。

它的任何一粒尘埃都将不会再有我的痕迹，我对它也是陌生的。而曾经的那些消失了，它们被搬去我永远都不会知道的地方，只留下了孤独的人。可我记住了它们，我全部记住了，我记得每棵树对应的商店、水果摊、烧烤摊……我甚至记得我下了公交车，走一百二十步有个垃圾桶，走三百步有个菜市场，这些都是我一个人在追风的时候和风一起数的，可是现在都不作数了。

我想，我在那条路上所有经历的一切都不作数了，我再也找不出一条路来凭吊，我追风的日子。

都说物是人非，其实很多时候不尽然，大自然的一切都太过脆弱，而人只要不出意外的话就可以存在很久。森林会因为一把火毁于一旦，而人呢，总是修修补补，熬过了太久。而在那么久的岁月里，每个人都会珍藏一段最初的经历，当曾经的生活消失时，它已经藏在了一个人心里。

3

我突然想去看看自己的童年，于是在一个风和日丽的冬日去看望姥姥。

那个村子，人都走得差不多了。姥姥戴着帽子在院子里晒太阳，她说，冬天的院子，还是有风。我去村子里走了走，那里很多上了年龄的老人都戴着帽子，安详地在门口拄着拐杖。他们再也不防备任何一阵风，坐在门口，像迎接风的使者。我想他们年轻的时候，也肯定如我一样，在风来的时候，将风拒之门外吧。而现在，世界把他们遗忘了，他们孤独了，只好让风进来坐一坐。

世事轮回，他们已经做了那个看风的人了。人类的悲喜、外界的声音他们都听不到，他们只想静静地看着自己的家禽在晒太阳，他们只渴望有风来风干他们的腊肠。我经过的时候，一些老人颤颤巍巍地走向我。他们开始顺着记忆，回忆我刚出生的时候下了很大的雪，他们如何帮忙；他们开始回忆起少年时的我，说我以前干巴得很，现在却胖了。

而对那些人，我是没有太多印象的，我只是曾经蹦蹦跳跳地经过他们的家门口，而他们在我身上却看到了岁月忽已晚。他们用青筋凸起的手来握我的手，他们说着真好啊，上次拉你，你还扎着羊角辫。也许，他们拉的，是自己曾经的青葱岁月。

4

他们的岁月已开始平淡，他们看风，看天，看孤独的鸟巢，这世间的一切他们仿佛都看过了。他们开始讲盘古开天辟地，讲女娲补天，讲梁上燕子的故事以及地下的农事。他们甚至可以把自己择出去，像诉说一个外人的故事一样诉说平生。那些曾经出现在他们生命中的很多人都离开了，而他们也习惯了，人总是要走的，赖着不走也没意思。当一个人看淡了生死，那别的事都不算事了。我听他们说话，常常感觉人生就像一个气球，慢慢变胖，然后再瘪下去，瘪得到处都是褶子。

时光在老人身上是仁慈的，他们已经混熟了，所以通常会慢慢地，感受不到时光的变化。外面修了几条路，建了几个商业街，根本与村庄无碍，也与老人无碍，村庄还停在那里，老人也是日复一日地看风，他们只能靠回来的人来辨别时光流走的速度。

人在回家的路上一步步长大，有些人出去的时候还是孩子，回来的时候已成为老人。我们常说，愿你出走半生，归来仍是少年，可是怎么可能呢？可能的只是"乡音无改鬓毛衰"，而村里的孩童也只会"笑问客从何处来"。风刮过人的一生，一刻也没有停，我们就如草一样，刮着刮着就老了。

5

我还年轻，从不敢去看风，我只敢躲在一处听风。就像古时候听雨的人一样，少年听，中年听，老年了还听。这听起来，我倒像个不敢闯的懦夫了，其实我只是觉得，我还没有做好看风的准备，却已经过了追风的年纪。

我想多年后，我也不会再执着于听风，那时候我年岁有加，很多人和事都会在我身上，甚至是心上留下刻痕。这跟人们喜欢在古老的城墙上刻字是一个道理。而那时，我会像展览一样展出我这一路的痕迹让风来看看。我想，暮年的我肯定是灰色的，灰色的台阶，灰色的草，灰色的房子，人生或许就这样暗淡下去了吧。像一颗星星，开始它肯定是金闪闪的，最后暗淡无光。

我不是个喜欢奔跑的人，从来都不是，我的生命高不过一棵树，也长不过一条路，和风较什么劲呢？那时我会寻一处破败的院子，坐在台阶上，拉着风，像两个老朋友一样，将往事回顾。它伴随了我的一生，也算是我的知音了。园子里枯黄的杂草被风无情地吹过去，再倒过来，像一段段过往。青春已经过去，中年已经过去，它们都褪去了颜色。我这一生又是何必？何必执着于缘来缘灭？又何必纠结于爱恨情仇？这一切终将被风摧毁。

我想啊想啊想……

6

我再也无法将自己置于一场风中。我将羞于骑上自行车满院子跑，也将无法迈着轻快的步子抖动我的长发。那时将不会有人记得我，而我的步子会越来越慢，我再也不敢穿鲜艳的衣服，我慢慢地把自己活成一张老照片。而唯独风，潇洒地在巷子里跑了一回又一回，细弱的草也跟着弯着腰谢了一次又一次的幕。

可我抬头看看天,它是那么蓝。我想起那些人和事,它们又在我的心上,像风一样拂过心田,自然而又温柔地茂盛了一片,如天一样蓝。

# 无用之美

我们常常被人问道：那有什么用？

上小学时，我特别热衷于画画。我总是一个人坐在院子里画着，可是我身边的人却并不认为这是一个好的兴趣。他们告诉我，考试又不考美术，那有什么用？

上初中时，我开始喜欢一个男歌手，我常会省下早饭钱，为了买他的海报和CD。我本来是个五音不全的人，可是因为喜欢他，我开始学他的歌。为了把歌词抄得好看，我开始练字。可是父母觉得，学生就应该好好学习。那个时候，我听到得最多的话，就是那有什么用。

高中的时候，我学了《琵琶行》，开始迷上文学，喜欢上满腹才华的白居易。每个周末，我都回家上网收集白居易的各种资料。老师劝我说，考试只考朝代和名句，研究那些课本之外的东西，有什么用呢？

第三章 瓦罐的心事

即使是后来毕了业,我也总是每天抽空读书。还会有人在我身边说,读书,有什么用呢?读书可以赚钱吗?我们已经过了做阅读理解的年龄了,生活里只有柴米油盐。

好像学生时代,身边的人都喜欢用成绩来衡量一件事物有没有用,而成年后,我们期待着迅速变现。不知道从什么时候起,如果一件事物不能立马给我们带来价值,就被定义为无用。

那有什么用?我想到了关于庄子的一则故事。

庄子与弟子走到一座山脚下,看见一株大树,枝繁叶茂,耸立在大溪旁。庄子问伐木者:"这么高大的树木,怎么没人砍伐?"伐木者对此树不屑一顾地说:"这何足为奇?此树是一种不中用的木材。用来做舟船,则沉于水;用来做棺材,则很快腐烂;用来做器具,则容易毁坏;用来做门窗,则脂液不干;用来做柱子,则易受虫蚀,此乃不成材之木。不材之木也,无所可用,故能有如此之寿。"

听了此话,庄子说:"树不成材,方可免祸;人不成才,亦可保身也。人皆知有用之用,却不知无用之用也。"弟子恍然大悟,点头不已。

果树因为能结出鲜美的果实,而经常被人折断,柏树因为可以做栋梁之材,所以常常刀斧加身而短命,不能终享天年。而这棵树因为无用，反而免遭刀斧之祸，自由自在地生长，成了一道风景。

人生在世，不同的标准下，有着不同的价值。有时候看似无用也是用，人不能总是用"利益"来作为唯一的评判标准。天生万物，各有不同，不单为取悦人而存在。

而在毕业后，我并没有放弃画画。在我眼里，作为一个二十多岁的大龄学画者，画画并不能让我成名成家，但是通过画画，我找到了属于自己的成就感。

过了青春期，我也不再追星了。可是现在看到那些追星的小朋友，我总能理解他们，觉得自己也是这样走过来的。更重要的是，通过抄歌词，我把练字当成了一种习惯。

后来，我也并没有成为研究白居易的学者，但是面对不同的心情，我总能想到一两句白居易的诗，反而给我的生活增添了一抹诗意的美。

而书呢，就更不用说了，我读了那么多书，没有在一道阅读理解的原题里遇到过，好像从来没有用。但是那些书，让我看到了更远的地方，交到了更多优秀的朋友。有人说，读书好比隐身地串门，不用去预约，不用去求见，也不用怕打扰主人，翻开书面就闯进大门，翻过几页就登堂入室。而我更觉得，读书就像竹篮子打水一样,读书不是为了记住,而是为了让人干净。一本书可能读了就忘了,但你一直读下去,竹篮就一次次被放进水里,时间长了,竹篮就被清洗得干净了。你根本不知道,你在哪本无用的书里,读到了一句话,点亮了黑暗中的你。

我也常常觉得自己是个无用之人,从小到大成绩不好,被身边的老师和家长形容成那种喜欢做无用功的人。我不喜欢研究考试技巧,却喜欢研究花鸟鱼虫,我也不喜欢研究何为有利,却总想在一片云下放飞自我。

如今我们最喜欢的词,叫快速变现,甚至书籍都会被分为有用的书、无用的书。我们去读写作技巧,希望一夜之间成为作家。我们去学瑜伽,希望不久之后能身材婀娜,我们学习任何一种知识,首先考虑到的是结果。

可是这样的生活,怎么会快乐?当对于一件事有了太多的功利性,开始权衡利弊,开始想结果,如果成功就开心,失败就伤心,那我们的一举一动,都被外界的情绪牵动着,岂不是成了世俗的傀儡?

所谓有用,不过是满足了自己对物质的欲望,而比物质高出一个境界的,是精神。江上之清风,山间之明月,看似无用,却装点了无数人的梦。百无一用是书生,可是诗篇却在历史中铭刻了五千年。

当我们疲惫地结束了一天的工作,坐在地铁上,想着自己也许就这样平庸下去,可是戴上耳机听一首自己喜欢的偶像的歌,想想少年时的梦,是不是会更加有斗志?

当我们在现实面前感到挫败时,躲进小楼,听听雨声,或者随手拿一本书读,听听音乐,这些看似无用的事,却能够让一颗心沉到湖底。

我们一直学着世人认为有用的知识,而到最后,我们才发觉,真正将我们从平庸生活中解救出来的,从来都是无用的东西啊。

只不过是有用的东西取悦了别人,无用的东西取悦了自己。

哲学讲质量互变,佛学讲因果关系。而无用之用,方为大用,无用与有用之间,隔着时间这条河。

就像竹子定律,竹子在前四年只生长了三厘米,但是在第五年会以每天三十厘米的速度生长。前四年,它看似没有变化,实则是在吸取养分和强大根基,积蓄力量。

世界上大部分的无用,都藏在有用中。吟无用之诗,醉无用之酒,读无用之书,钟无用之情,终于成一个无用之人,却因此活得赏心悦目,有滋有味。

无用之用,是时间留给有心人的惊喜。而无用之美,是岁月沉淀在心底的一方恬静。

# 把心关上

不知道从什么时候开始,心就像一个杂货间,堆着各种东西。是你的,不是你的,理也理不好,丢也丢不掉,空气里全是嘈杂的声音,甚至让人觉得前路茫茫,不知道该去往何方。

再也没有一处地方,如清朗的清晨,让你去发现生活的好。再也没有一处时光,让你想待在那儿,看一看真实的自己。你却不知道,是你的心门敞开太久了。

小时候,我们还总有自己的一方天地,总会徜徉在自己的世界里。但慢慢地,在世界的各种推敲下,大家的心门都被打开了。不知道敲开门的那个人是谁,是教你学习的老师,还是让你喜欢的事物?也许,门是被人闯开的。

我想,最初闯进来的,一定是那些美梦,还有拥有一样美梦的人。年少的喜欢,总是那样纯粹,不惜让它

充斥整个心房。

接着，你觉得你的心想要容纳更多的人，你开始交很多的朋友，仿佛只有热闹才能证明你比较受欢迎。你害怕被孤立，所以放慢了步子等着一群人，你与他们在年华正好的时候嬉戏打闹，全然忘了自己是一个需要赶路的人。

我们总是花了太多心思，让别人融入我们的生活。我们的心房只有那么大，但是却好像谁都能进来转两圈，甚至那些微不足道的小事，都能在我们的心里引起一场海啸。我们的心俨然成了一个不堪重负的信息站，又谈何轻装上阵呢？

我突然怀念起，曾经心门紧闭的时候了。

那时，我一个人走在上学的路上，我的目的地是学校，路过的风景都好像与我无关，我总能以最快的速度到达学校。可是如今，我却不再有那时的心境。

我想，我们应当定期清理心里的尘埃，送走那些无关的人和事。和尚们总要打扫，扫的不只是地，也是在扫自己的心。把那些生命中的枯枝扫去，把那些毫不相干的人扫去，也把那些与他们无关的事物扫去。他们还需要打坐、念经、参禅、顿悟，仿佛一个关上心门的过程。在那一段静默的时光里，他们仿佛对镜自照，把所有的杂念都清理出去。他们知道，一个人孤独的时候，才是最有潜力的时候。

那些外界的纷扰，会蹉跎我们的年华，等到我们想回头时，才发现岁月忽已晚。我们只有学会把心关上，不让别人把门挤得破烂不堪，也不要让风刮得满地尘埃，更不必左顾右盼，以别人的尺度衡量自己，才能实现自己的价值。否则一生碌碌无为，最后只能体会一事无成的孤独。

生命里总有那么一段时光，虽然它不是那样热闹，但是我们却可以静静地陪自己。我们只有听见自己的声音，才能沉下心做想做的事情。而对这个世界欲望太大的人，如同一块浮木，到达不了任何一条河流的深处。

我想起少年时代老师说的"睁眼瞎子"，一个人，起初过眼不过心，那是愚笨。但是当我们历经千帆，还能做"睁眼瞎子"，却是智慧。人生很多事情，因为我们过眼也过心，才徒增了那么多的烦恼。若很多事情我们都只是关于心门之外，那么我们的心，又怎会生出那么多的波澜？

都说行路难，行路难，当人生的路越走越远的时候，也正是风景最好的时候。这世间诱惑那么多，而我们唯独在合适的时候，把心关上，才能到达自己的远方。

匠心

  记得小时候村口来篾匠编竹席,很多孩子都跑去看。旁边的人吵吵嚷嚷,而篾匠却不怎么说话,只是埋头认真地编着,竹篾在他的怀里有节奏地跳来跳去,他竟能编得那样整齐、美观。篾匠不光会编凉席,还会编竹篮、竹篓,每一样都仿佛艺术品。

  那个时候不光有篾匠,还有修锅匠、补鞋匠、修伞匠……每次一来村口吆喝,人们便拿着要补的东西去了。他们的工具简单,主要依靠的是一双巧手。补鞋匠会在腿上摊一块破布,戴上老花镜,开始一针一线地缝着,不急不躁。旁边的人递过去一杯水、一支烟,他都会摆摆手说,手头忙着呢。他们不会因为旁人的问话而停下自己手上的工作,也不会乱了自己的节奏,永远都是不紧不慢,鞋子上的针脚也是不长不短,恰到好处。

  物随人长久,人随物安定。那些器件刚一拿到手,心便静了。并不是所有的东西都可以替代,有时候一件东西代表的是生命中的一部分,而这些匠人,却能把残缺的物件慢慢填补成以前的样子,仿佛填满生命中的一个缺角。

世界嘈杂,但匠人的内心一定是安定的。他们仿佛生活的艺术家,身边车水马龙,他们的眼里却只有手里的物件。他们用一双巧手,把原本平凡的东西变得生动起来,原本破旧的东西变得仿佛完好如初。

时光流逝,许多人离开了村子,那些手艺人也仿佛随着人流消失了。不会再有吆喝声响彻整个村子,也不会再有一双手,将你的竹篾变成竹篮。很少有人再用编织的席子,也很少有人再去穿缝补的鞋子。雨伞坏了,换一把就好,不会想着在天晴的时候等修伞匠。

那些手艺仿佛要消失了,一切都是流水线上的高科技。人们用各种机器,替代了曾经一些靠双手的技巧。那些机器,迅速、简单、整齐,却冰冷,没有了温度,也少了匠人的情怀。也许手艺代表着缓慢、少量、辛苦,甚至一分神就会出错,就需要从头再来。如果不是熟能生巧,就掌握不好力度,而会导致外表的不美观。可手艺却是有温度的,它背后隐藏的是专注,是技艺,是对完美的追求。

古人云："观众器者为良匠，观众病者为良医。"成就匠人的，远不是技艺那么简单，还有勤奋，还有纯粹。匠心这东西，是没有捷径，不讲究天分的。它需要十年磨一剑，需要夏练三伏，冬练三九。匠人的世界，没有粗制滥造的功利，只有虔诚的态度；没有投机取巧的偷懒，只有一步一个脚印。每件东西都有它的灵魂，匠人每一次都需倾尽全力，把它当作生命的一部分，才能接近完美，才能称作手艺。你得先成就它，它才会成就你。

也许人的天赋是天注定，可是匠气却是练出来的。匠人的世界里，藏着笨拙。石匠日复一日地雕刻，木匠日复一日地打磨，才可以创造出好物件。而这笨拙里藏着智慧，业精于勤荒于嬉，别人练十遍，他练一百遍，总能熟能生巧。我一直认为，一个人的天赋跟他的成功并没有太大关联，成功关键在于他愿不愿意用心。

写作的人大抵也是如此吧，你要走很多的路，看很多的人，读很多的书，甚至要经历一些风雨，再忍受一些孤独，才能去向世界阐述你的观点，表达你的情怀。也许只是寥寥数语，背后却饱含了别人看不到的辛苦。写作的手艺在心里，像编竹席一般，在内心用专注和宁静，把思想编织成一篇文章，外表要美观，内在要牢固。

家有良田万顷，不如薄技在身。我们常羡慕那些有才华的人，也许羡慕的并不是手艺本身，而是他们专注做事背后的沉静与坚持。而恰恰是这份静心，成就了自己。

第四章

父亲头上的雪

关键词

亲情　养育　回忆

文字似籽，已被我种满心田，随着夏日的风，也长出了叶子和蔷薇的模样。偶尔有对蝴蝶飞来，停留在眉梢。我也在某个夜晚，敲打着文字，仿佛抱着一个西瓜走在月光倾写的石板路上……

 **父亲头上的雪**

那个冬天,雪好像下得比往年更大一些,父亲却在雪里忙活着。我想,那应该是他人生中最让他高兴的一场雪。

我就是在那个下雪天出生的。父亲大清早去找医生,在大雪里踉踉跄跄地奔跑。那时候的雪花,落在人家的屋檐上,落在父亲的头发上,他丝毫没有察觉。却以为,那是我的开场。

就这样,在那簌簌雪花中,我开始了与父亲的故事。

从记事时起,我们家的经济状况就不是太好。父亲在一所村小学教书,收入微薄。一家人住在学校分的一间安置房里,冬天透风,夏天闷热。

单凭父亲那少得可怜的工资,是根本养不了我们一家人的。生活中很多东西都靠赊账,尤其是过年。父亲每到冬天便开始发愁,可是他一个师范毕业的老师,除了舞文弄墨,别的也不会。

于是在快过年的时候,他想到了卖春联。

父亲在学校闲置的一间屋子,开始了他的创业。那间屋子,只有两张桌子,父亲买来很多红纸,自己拿着刀剪裁,然后找了一本写春联的书,便开始写了。

因为白天要去卖对联,所以只能晚上写。他经常写到半夜,就在那间屋子里披着外套睡去。我早晨去那间屋子玩,看见凝固的墨水,还有地上晾干的春联,也只是感觉到凄冷。

天气好的时候,父亲就在集市上摆摊,如果碰到下雪天,只能收摊。做生意就是看天吃饭,可是,他却不能因为天气在屋子里耗上一天。

于是,父亲就找来一个大包,裹上蛇皮袋,背着他的那些春联,一个村子一个村子地奔走着。很多村子里年龄大的老人,正为雪下得太大,无法去集市买春联而发愁,见到父亲去了,便直接买了。一副春联很便宜,可是一个村子一个村子地翻山越岭,却是最辛苦的。

等到父亲走回来的时候,天已经很黑了。他带着满身风霜与寒气站在门外,背着蛇皮袋,全身都是雪。他把蛇皮袋放进屋,然后在外面拍打身上的雪,帽子上的雪,还有头发上的雪。我在屋里笑着说:"呀,爸爸变成了白头发的老爷爷。"父亲还开玩笑地说:"那我给你变个魔术,马上变成黑头发。"

他用毛巾掸掉头上的雪,头发也从花白变成了湿润的黑色。母亲给他盛饭,吃完饭,他又进了那间屋子开始写字。

刚上学的暑假,我特别喜欢出去玩。但是平日里操劳的他,总想中午休息一会儿,又害怕我出去乱跑,于是他想出来一个办法。

父亲会在午休的时候喊我去拔他的白头发,十根一毛钱,得到的钱就是我的零花钱。我那时候刚上一年级,这样既可以锻炼我数数,又可以让我别乱跑,可谓一举两得。而对于我来说,这是靠劳动致富,还能赚钱买雪糕吃。

那时候的父亲,也才三十出头,已经开始有了白头发,可这却成了我的"生财之道"。

我在父亲的黑发里寻找着白头,把那些白发一根根地拔下来。有时候,我看见一撮头发里,有好几根白发,便兴奋得不得了,感觉淘到宝了。有时候为了节约时间,我会两根一起拔起,然后哈哈大笑。经过多次的试验,我还找到了拔白头发的窍门。比如后脑勺的头发拔起来最疼,头顶的头发拔起来最容易。每次拔完,我还要炫耀一番自己的战果。

于是,我每天中午都这样,寻找着白发。起初,我只能赚一支冰棒,后来,我能赚一根雪糕,再到后来,最贵的冰沙我也能买上一杯。

夏天下午四点多的时候,有位老爷爷都会推着一个冰柜卖冰沙。各种口味混合在一起特别好吃,五毛钱一杯,可是小朋友们都买不起。我每次买冰沙都叫得很响亮,生怕别人听不见,那一声呼唤也掩盖不了我的骄傲。而我拿到冰沙的那一刻,觉得那是我对自己的奖励。

甚至小学阶段,只要我想要零花钱,我就会爬上沙发对爸爸说:"我来给你拔白头发吧,我看你白头发又多啦。"

后来上了初中,我不好意思再去给他拔白头发,我们之间的交流也越来越少。

还记得每个下雪天,他都会骑着他那辆破旧的自行车来学校接我,因为成绩不好,我们面对彼此时更多的是沉默。他让我在后面撑着伞,每次我要给他撑伞,他都说:"你别挡我视线,下雪天路滑。"于是我就撑着小雨伞,坐在后面,看着他的自行车,在雪地上留下一道痕迹。看着他在风雪中,头发开满白色的花。

忘了是在哪一刻,我发现有些雪花是拍不掉的,有些风霜将永远地留在他的头上。他也发现了,拔白头发已经无济于事,只能靠染头发了。

于是,他开始捣鼓起了染发剂,自己在家染头发。

周末的午后,我在院子里写作业,他在旁边染头发。我看着他拿塑料袋围在脖子上,把染发剂抹在头上,然后用梳子一遍遍梳匀,最后再洗掉,坐在炉火旁把头发烘干。那效果,确实比我这个手动拔头发的效果要好得多。

父亲这一染,就是好多年。

后来,他的头发也许是因为染了太多次,不再像以前那样浓密。他也感觉,染头发对身体不好,所以便不想折腾了。可是,白色的头发终究不太好看。于是,他把头发剪得很短,在冬天的时候,就戴一顶黑色的皮帽子。他还经常跟我们夸,他的帽子有多么保暖。

如今,我已经毕业,父亲不用再为了我四处奔波,不用在下雪天骑着自行车带我回家;也不用为了让我别乱跑,想出拔白头发的法子;更不会因为我的成绩,在一场大雪中对着我沉默。

他还是会像以前一样,下雪天不爱打伞,戴着皮帽子上完课后小跑回家,在门口停下,跺跺脚上的雪,把帽子取下来拍拍上面的雪花。可是那白发,终究不像曾经那样,拍一拍,便成了黑发。

那些雪花,好像再也拍打不掉了。那些风霜,也成了他生命中的一部分。

他变得更加沉默,即使长大的我乖巧懂事,热爱学习,他也没有再给我变过一个魔术。他的那个魔术,在一场场大雪中永久失效了。

时光更迭,他的身上,仿佛有了一个不会消失的冬天。可惜白发终不似雪花,一拍就散。

可每当想起那些我拔掉的白发,我也在心里下了一场大雪。

 **青春期的那场暗战**

在成长的路上,我和妈妈的那场暗战一直都没有停止。年少的我,总是因为经验不足,败下阵来。

记得小时候,我最羡慕的就是邻居家的同学,她的妈妈每天早晨都做荷包蛋,煮方便面。那时的院墙很矮,每次隔壁家说话、吃饭,我都能听得清清楚楚。那香味自然也是翻过院墙,真真切切地飘进我的鼻子。

我跟妈妈提议,与其每天早晨做饭那么累,我还吃得少,不如煮方便面,彼此都方便。可是妈妈不愿意,说那是垃圾食品,依旧每天早晨做蛋炒饭、排骨面。每次我捧着一碗蛋炒饭坐在院子里,闻着隔壁泡面的香味,吃得索然无味。

我和妈妈吵,为什么别人就是自己想吃啥妈妈就做啥,妈妈直接说了句:"我让你考第一为啥你不考第一?"一句话就把我噎回去了。我想,迟早有一天,我会过上天天吃方便面的日子。

长大一点，我再也不会为一两袋方便面纠结了，像许多女孩子一样，我开始喜欢打扮。但是我知道，这种事情在妈妈眼里是大忌。于是，我开始和她斗智斗勇。

每天上学前，我都是正常出门。但是在快到学校的时候，我赶紧用手抓自己的头发，拿出自己攒钱买的小皮筋，给自己扎两个凌乱又俏皮的羊角辫。小时候，我看过一些古装剧里女孩子扑粉的镜头，从没见过化妆品的我认为，电视剧里扑的粉都是面粉。我用草稿纸从家里包了一点带出来，扎好辫子，还不忘打开纸，蘸一点面粉拍在脸上。放学后，我还要在家附近把皮筋取下来，用水杯里的水把头发再润湿弄平整，保证和早晨出门前一样才敢回家。

可是纸终究包不住火，偶尔翘起来的头发，还有面粉里我留下的手印，都出卖了我。妈妈查探清楚后，特别生气。那天放学刚回到家，她就扯掉我的书包往沙发上一丢，然后把我拽到理发店。我能感觉到，我完全是被提过去的，脚都没有挨地。然后她冲着理发店的师傅大喊："能剪多短就剪多短，让你天天不好好学习！"理发师也不敢多说话，低着头把我的头发剪得很短。回家后，我看着镜子里的自己，连个发卡都别不上，欲哭无泪。

我当时很想和她打一架，又知道自己势单力薄，打输了可能还会来场"爸妈混合双打"。我只能幻想着，等我长大了，一定要留长长的头发。

我那个时候还小，听过拔苗助长的故事，但并不知道具体讲的是什么。而我觉得古人的智慧都是精华，所以我每天晚上睡觉前都要偷偷地把头发往外拔一拔，希望这样头发可以长得快一点。

然而这种惩罚还不算完事，我除了被要求剪头发，还被要求学擀面皮，妈妈说，要让我明白面是用来吃的，不是用来抹的。她像个监工一样在旁边看着，擀面皮太累了，一番动作下来我的胳膊又酸又疼，让我觉得偷面粉的代价太大，以后再也不用面粉化妆了。

那时，不管我做什么她看不顺眼的事，她都有办法治我，不管我说什么三观不正的话，她都能完美地回击我。

我拿着八十多分的语文试卷回家。她问我："为什么不是满分呢？"我说："可是全班都没有满分的啊。"她听了会说："可是你考了满分，班里不就有满分了？"

后来，她经常让我看一些课外书。我说："我的作业做完了啊，老师没让看。"她都会冷冷地来一句：

"你那么听老师的话,老师让你好好学习,你怎么不好好学?"我无言以对,只能在家看书。

整个青春期,我跟妈妈一直斗智斗勇,但是我从来没有赢过。我知道,关注什么,就会失去什么。所以,我丧失了很多追潮流的机会。这种状态,一直持续到我大学毕业。

毕业后,她说我已经长大,想过什么样的生活是自己的事,不想再管我了。听到这个消息的我很开心,可是不久后,我开始有一些失落。

我曾经想一天三顿都吃泡面,可当我因为工资太低,吃泡面省钱时,我才知道,没有合理的饮食,我可能也不会有好的身体。

我曾经想要有漂亮的妆容,可当我拿起粉底扑的时候,想到自己若脑中空洞无物,过分追求脸上的妆容又有什么用呢?不如读两本书吧。

我曾经想天天出去玩,可是当我面临被辞退时,我才发现,人如果有事可做,才说明不虚度时光,不浪费人生。

而成年后的每次考试,她再也没有显示出以前那种,让我永争第一的心态,而是对我说,人生重在体验,结果是什么都不重要。她再也不会把我拉到理发店，指着我的头发让理发师一阵猛剪，而是对我说，女孩子，就要活得漂亮一点，不管是内在还是外表。想一想，曾经抱着这种心态的人是我啊。

后来有一次回家，因为我很少回去，所以妈妈尽量做我爱吃的饭，早餐便是一大碗荷包蛋方便面。小时候的我一直在想，我要快快长大，过上自己想要的生活。可如今长大了，看着这碗荷包蛋方便面，我却开始回忆蛋炒饭了。

我知道，青春期的那场暗战，终究是她赢了。

 **欠姥爷一碗牛肉拉面**

小的时候,每逢节假日,我都吵着要去姥爷家,我去不了,姥爷便骑着他那辆破旧的二八自行车来接我。

那时村里的孩子,有的会帮家里人拾柴火,有的会陪家里人去菜地,有的会帮家里人择菜。而我什么都不用做,每次我刚想进厨房,便会被姥爷赶出来,说厨房呛人,让我走远点。

我就坐在院子里,拿着小板凳玩着骑大马的游戏,看着炊烟往上飘。吃过午饭后,我会跟弟弟一起拿着蚯蚓去钓小龙虾,姥爷见我们喜欢吃虾,专门买了网子,去网小龙虾。

有时候一晚上可以网很多,吃不完的还会拿到镇上去卖。可是卖小龙虾的钱,又换成零食,然后以另外一种方式,进到了我们的肚子里。

有一次,姥爷回来对我们说,镇上开了一家辣子面店，听说面里还有牛肉。以我和弟弟的阅历，瞬间笑话起了姥爷，那不叫辣子面，那叫牛肉拉面。

那个时候，我们对于牛肉面的认识，还停留在牛肉味方便面。在农村，牛都是用来耕田的，根本没有人愿意去吃牛肉。我和弟弟听到这个消息后开始嚷着要吃牛肉拉面，于是姥爷开始计划着，说等小龙虾卖了钱，就带我们去吃牛肉拉面。

去吃拉面的头一天晚上，姥爷让我们早点睡，因为村子离镇上几十里，骑车要两个小时，我们需要早起。可那晚，我却激动得睡不着。

第二天早晨五点钟姥姥就起床了，给姥爷下了挂面，我们在旁边跳来跳去，嘲笑他傻，马上就要去吃拉面了，吃什么挂面啊？吃饱了怎么吃好吃的！可是姥爷说，外面的东西不干净，都是佐料，才不爱吃那些东西呢。

为了害怕回来的时候天太热，我们六点钟就出发了。弟弟坐在前面的大杠上，我坐在后面。清晨的路上，布谷鸟一直在叫，像我欢快的心情。路边的喇叭花开得正盛，我和弟弟特别兴奋，我们终于要吃到梦寐以求的拉面了，不断催促着姥爷快一点。那辆自行车有节奏地发着咯吱咯吱的声音，在乡间的小路上飞驰着。

我们过了桥,以最快的速度上坡、下坡,就这样,那天我们只用了一个半小时就来到了牛肉拉面馆,一人要了一份大碗的牛肉拉面。

因为是镇上的第一家拉面馆,即使贵,人也很多,大家都想尝尝鲜。况且镇上的人,经济条件可比我们这些村里的人好多了。

我们排着队,看着老板拉着面,还一惊一乍地说,他的面为什么不断呢?为什么可以拉那么细呢?我们用言语来掩盖当时焦急的心。旁边客人吃拉面的吸溜声,都快把我的魂勾走了。我的视线一直都没有离开老板的手,甚至老板娘每一次端拉面碗,我都以为她是送给我的。

终于,我们的面上桌了,我已经到了忍耐的极限了,迫不及待地吸溜一口,觉得那真是人间美味。我问姥爷吃不吃,他连忙摆手说不爱吃。小时候不懂,只觉得大人嘴里的不爱吃就是不好吃,他们只喜欢吃那些菜园里的蔬菜瓜果,因为健康。

然后我们也不问了,埋头大吃起来。我到现在还记得那个大海碗,上面漂着两片牛肉,虽然很少,但我还是细嚼慢咽,像吃唐僧肉一样。

吃完牛肉拉面,我们又跨上那辆破旧的自行车,准备回去。喇叭花开始无精打采,我听见蝉鸣,好像在提醒我们赶快回家,太阳马上就要抓住我们了。

在路上,我们舔舔嘴唇,觉得还残留着牛肉拉面的味道,嘴也像抹了蜜一样说着好话。弟弟说着:"我长大后,给姥爷买一头猪,让他天天吃猪肉。"我马上说:"等我长大了,我要请姥爷吃最豪华的牛肉拉面。"姥爷笑着说:"那我可要等着,你欠我一顿牛肉拉面。"

后来因为求学,我去了外地,暑假也忙着实习,去姥爷家的次数屈指可数。童年时说的话,往心上一压,就是很多年。而姥爷的身体也渐渐不好,无法再骑着自行车独自过桥、上坡下坡,他去镇上的次数也越来越少。

我毕业的那年暑假,刚找到工作,母亲就给我打电话,说姥爷病重。我赶忙买了车票回了老家,却还是没能见上姥爷的最后一面。我欠姥爷的那碗拉面,终将无法兑现了。

后来,我们家也从村里搬到了镇上。小镇变得越来越繁荣,不仅开了拉面店,还开了汉堡包店、奶茶店、烧烤店……这些都是姥爷生前没有见过的东西。而那个拉面馆已经有二十年的历史了,如今看来又低矮又破旧。它与旁边那些漂亮的招牌格格不入，熏黑的墙面，破旧的木招牌，也仿佛经历了太多风霜。只是因为老顾客比较多，在强撑着。

  只有姥爷的村庄，桥还是那座桥，坡还是那个坡，只是铺了水泥路。因为桥面太窄，那里至今没有通车。村子还是曾经的样子，低矮歪斜的土墙，长满青苔的墙角，和我记忆中的一模一样。

  它好像把我的童年彻底留住了。它留住的，还有我对姥爷的诺言，像是冻结在了那段记忆里。"等我长大了，我要请姥爷吃最豪华的牛肉拉面。"当时他答应得那么爽快，可是我现在喊他，他却不应声了。

  曾经，我为姥爷许下诺言，如今，这无法兑现的承诺，是因为村子的路太崎岖，他不愿再去蹬自行车了，还是因为他觉得我还没有长大？

 半个面包的补偿

十岁那年,家里因为盖房子欠了债,妈妈只好外出打工。我跟爸爸待在老家,我上学,他教书。

爸爸的工资只要发下来,一大半都要拿去还债,只留下一小部分作生活费。那时我的生活也比较拮据。

每当下课看见同学们边吃零食边聊天,我就很羡慕。可是我又不想让别人看出来,只能趴在桌子上,用假装睡觉来逃避空气中弥漫的香味。那原本快乐又短暂的课间,也因此变得漫长且难熬。

每天早晨,爸爸都会给我五毛钱买早餐,可那时候的五毛钱,只能买两个馒头、一个面包或者一份鸡蛋饼,就再也买不了别的了。如果我不吃早饭,就没有体力走好几公里的路去上学。

直到有一天,我发现了一家宝藏面包店,快要过期或者刚过期的面包只要三毛钱。我想,如果我每天早

风会吹开一朵花

晨都吃这种快过期的面包，就可以省下两毛钱来买零食了。那一刻，我觉得我将迎来最快乐的校园生活。

年幼的我，总是对穷很敏感，觉得如果没有零食，就好像低人一等。自从每天多了那两毛钱，我的性格也变得开朗了。我会买上一袋糖豆或者一袋辣条，在同学们都吃东西的时候也大大方方地拿出来，和大家边吃边聊；我会和女生下课去买小零食，然后约定做一辈子的好朋友。

就这样过了半学期，那两毛钱给我带来了极大的存在感和满足的快乐。直到有一天，妈妈休假回来。

还记得那天，我背着沉重的书包跨进我家的小院，阳光洒在我发黄的发梢上。我妈看到我后，摸着我的头，说我瘦了，还问我是不是太挑食。那晚吃过饭，她帮我收拾书包，恰巧发现了早晨我吃剩的半个面包。面包被捂得发了白，恰巧在灯光下透出一块蓝色的斑点。

我妈把面包举在灯下看，斑点越看越清晰，她开始大声地骂着那没良心的老板。我从未见过她如此生气，吓得不敢说话。说累了，她就把那半个面包放在桌子的中间，开始小声嘀咕，觉得我是因为吃了太多过期的面包才会又瘦又矮。渐渐地，她的背没有挺那么直了，声音没有那么大了，她开始埋怨自己，没有照顾好我。最后，她只是叹了一口气，便没有再说话。

第二天，她要拉着我去找那个老板理论，我说什么也不愿意去。我怕同学知道我经常吃过期面包，我更怕她知道那两毛钱的秘密。

我妈因此辞了职，她觉得不能因为赚钱，就把孩子的身体搞垮了。有时候，我都已经钻进了被窝，她还在厨房忙碌着。守着蜂窝炉子炖汤，只为第二天能让我吃到一碗热气腾腾的排骨面。有时候，她会起得特别早，只为我能喝上一碗养胃的小米粥。而面包也被她拉进了黑名单，超市里再漂亮的面包，她都不会去多看一眼。

从那以后，我妈就总是叮嘱我，人可以穿得普通一点，但一定要吃好。吃进肚子里的东西，千万不能委屈了自己。

这件事情已经过去了快二十年，但是每当我们提起过去的岁月，这过期的半个面包，必然是她绕不开的话题。她嘴里念叨着，还好发现及时，我才没有吃出毛病。时隔多年，我仍然能感受到她的愧疚，好像那些事情就在昨日。我想，那半个面包大概是在她的心里扎了根吧。

但是那时的我并不觉得有多委屈啊，甚至在我的记忆里，那是童年里一个甜美的秘密。而她却把那蓝色的斑点，当作记忆里一块永远也抹不去的伤疤。

  我想，这以后的漫漫岁月，她依旧会把最好的给我，来抵消那半个面包带给我的"伤害"。我也在这种给予中懂得，这世上的母亲，总会把她们认为的委屈种在心里，咀嚼着生活的苦，来弥补着你，想让你尝到那一抹甜。

 # 一碗荆芥手擀面

小时候,吃面的日子便是好日子。我的家乡河南信阳有着"北国江南,江南北国"的美称,在我们那里,米饭就点咸菜就可以吃,可是吃面条,却要有一种仪式感。

夏天的时候,父亲会在院子里种满荆芥。荆芥是可以驱蚊的,可用荆芥下面条,却是绝配。只有在父亲发工资的时候,家里才会高高兴兴地做上一锅荆芥手擀面。用母亲的话来说,就是从那一碗面中,窥见了生活的盼头。

通常是一个傍晚,父亲满脸笑意地回来,然后从口袋里掏出钱递给母亲。那时候我们家还欠着钱,母亲通常会留出一大部分来还债。但母亲也会说:"总不能发了工资,生活毫无改善吧!"于是,父亲便会接话说:"那明天吃手擀面吧。"

于是，第二天天刚亮，父亲就连忙去集市上买大骨头。那时候的集市，五点多就开始了，去晚了，便只剩别人挑剩下的了。

午饭过后，母亲开始用煤炉熬骨头汤，熬到汤底变成奶白色，熬到肉从骨头上脱落，熬到肉香飘满整个院子。那几个小时，好像很漫长，又好像很短暂，我们在一起等待一件美好的事情。

一碗手擀面，不仅需要好的汤底，还需要时间。若是一碗清汤面，那父亲便会用集市上买的袋装挂面来对付，几分钟速成。如果让他来擀面，他肯定不愿意，觉得浪费了他的时间和精力。用他的话来说，就是没那闲工夫。

可若是大骨汤，父亲便会自告奋勇，亲自下厨，他害怕面的口感不好而糟蹋了汤，一定要亲力亲为。等太阳快下山的时候，父亲便开始和面，我看着那些散着的面粉，在父亲的手里变成面团，再被擀面杖擀开，切成一根根细细的条，然后抖落在桌子上。

母亲在水龙头旁洗着荆芥，那是一碗手擀面的灵魂。我在院子里剥着蒜。我们河南话说，吃面不吃蒜，味道减一半。

接着，父亲在沸腾的骨头汤里放入手擀面。不一会儿，面条就熟了，再放入荆芥，点缀其中。

在院子那方破旧的小桌上，我们就着落日余晖，开启了吃面的仪式。这碗面，从种下荆芥的那一刻，到它置于碗中的这一刻，是我们期望的长度。

大海碗里浓郁的汤汁、筋道的面条、清香的荆芥，还有吃了一碗又一碗，顾不上擦汗的我们，成了夏日里一段有味道的记忆。

吃完后，我们瘫坐在椅子上，肚子已经装不下任何东西了，但是心里还在期待着父亲下一次发工资，以及那掐了头的荆芥，能快速长出新的叶子。

那时候，我们家并不富裕，吃一碗这样骨汤做底的荆芥手擀面，不能日日都有。我以为，这便是世上最好吃的面条，也许很多人发了工资后的第一顿，也像我们家一样，是一碗手擀面。

去外地上学才发现，更多人庆祝的方式根本不是亲手做一碗面条，而是一顿煎炸烧烤或觥筹交错。这世上最出名的面也不是手擀面，天南海北，面的种类有好多，兰州拉面、重庆小面、陕西油泼面，还有上海的葱油拌面……

我也逐渐认为，最好吃的饭菜是在饭店里、街摊边。以后若是一家人在一块庆祝，再也不要花那么多时间去做一顿饭。一定要去饭店,享受美食就好,何必去花那么多功夫呢?

后来有一次,朋友喊我去她家吃饭。去了她家,我看见她妈妈正在院子里侍弄着炉子上的瓦罐。她说,肥西的老母鸡是最出名的,叫我来吃鸡丝面,鸡是自家亲戚养的,汤是小火慢炖的,面条也是自己擀的,比在外面吃着强。

据说一大早,她便开始杀鸡、清理,只为了今晚这顿鸡汤面。看似一碗面条,实际上却是一整天的心血。我想起小时候父亲说的,这面值得费功夫。看来,有时候值得费功夫的不只是面,还有想永远走下去的友情。

那碗鸡汤面,让我想到了小时候的荆芥手擀面。

那是一家人合力做出的一顿饭,也是一家人对生活的盼头,从清晨的第一缕阳光,到黄昏的最后一抹晚霞,我们满怀一天的期待,只为了那十分钟的大快朵颐。小时候的快乐是多么简单啊!仅仅是一碗面,我们便会怀抱好久的希望,又会在心里留那么久的余味。

现在的我们,尝过很多美味,却再也记不清那些味道了。就像我们见过了很多人,却没有几个真正的朋友。只因那时候的我们,在一件事情上下了太多功夫,所以那结果,成了精雕细琢的工艺品。

有人三分钟泡面，有人三小时煲汤，当我们花心思去做一件事情的时候，美好就已经在路上了。此刻，我仿佛又置身于小院中，一方破旧的桌子，一个大海碗，里面是一碗热气腾腾的荆芥手擀面。它仿佛在告诉我，唯有慢慢来的事情，才会被放在心上，唯有费尽心思等来的事情，才会被长久铭记。

 我的"摆烂"老爸

我爸是个物理老师,但上学的时候,我的物理却经常不及格。他也没有给我培养任何特长,我也没有上过任何兴趣班。从小到大,我爸对我几乎都是放养的状态,后来每每提及,我都觉得他是在"摆烂"。

我爸的字也写得特别好看,小时候,光是家长签字,就让我在班里赚足了羡慕。我以为我爸早晚会传授我一手漂亮的毛笔字,可直到今天,他都没督促过我练字,只记得小时候给了我几本字帖,让我自己临摹。

所以,童年的我很快乐。每天写完作业,我都想着如何玩耍,去屋后摘花草、捉蚯蚓,或者跟小伙伴去钓鱼、摘果子。任何新奇的想法,我爸都表示理解。

初中时,我痴迷武侠,怀疑自己是不是本来有武功,只是被封印了,想一探究竟。我家的二楼只是用砖头垒了半截墙头,还没有建成,后面是一块菜地。我小

心翼翼地爬上去，想着如果我跳下去，若能在危难之时腾空，就说明我会轻功，如果摔坏了腿，就证明我是个凡人。正当我颤颤巍巍地爬上墙，身后却传来了我爸亲切的"呼唤"，他让我先下来，说有事情告诉我。下去后，他一把把我拽下楼，我才知道，他以为我是学习压力大，想要跳楼。

我告诉他，我只是想测试自己会不会武功。一般的家庭遇到这种情况，早就抡起扫帚打了，可是我爸没有打我，给我讲了我的出生是多么平凡，没有任何天降异象，如果我想有武功，就只能去少林寺，但是要剃光头。听完之后，我再也没有这种想法了。

上高中时，我开始写作，偷偷投稿。我爸知道后，也没有说耽误我学习之类的话，只是让我自己把握，如果想好好写作，就努努力，考个中文系。

高中毕业那年的暑假，我被选上参加北京的一个作家活动。我妈知道后，一口咬定我遇见了骗子，我却拼死拼活不愿意放弃机会，我说如果不去我肯定会遗憾终生的。我爸听了，说想去爬长城，陪我登上了去北京的火车。到了北京后，我爸说，要是骗人的，咱们就一起爬一次长城。如果不是，我就去参加活动，他一个人去爬长城。结果活动很正规，那是我第一次在现实生活中见到编辑和作家，也是那次经历打开了我写作的眼界。活动结束后见到我爸，问他长城爬得怎么样。他说夏天太热，刚去就回头了，希望我努努力，还有机会被北京的活动邀请，他也好跟着再来爬长城。

大学时，我一直在发表文章，每天幻想着自己能出名，成为大作家。我爸似乎比我还笃信，他说："我看好多名家靠着写作，连班都不用上，你是不是以后也这样啊？"我听后，大为欢喜，写作的劲头更足了。

大学毕业那年，我觉得自己不是读书的料。如果考研的话，肯定考不上，考编的话，我又不甘心回到家乡。决定出去闯一闯，找一个与文字有关的工作。我爸听后没有阻拦，甚至鼓励我用才华走出来一条路，他说一技之长才是最好的"铁饭碗"。

可是工作后我才发现，文字工作和文学并没有太大的关联。在单位，我要写领导的讲话稿，还要写采访稿、宣传稿。除此之外，还要处理复杂的人际关系、生活琐事。一时间觉得身心疲惫，对写作的激情也渐渐磨灭。而我的心境也不似年少时，文章写不出来，又被人质疑写的文章差，我觉得很难熬，只能想到放弃。

我打电话给我爸，我说："我好像在写作上永远都没有出头之日，付出和收获根本不成正比，而且我觉得我也没有天赋,写作很累,不想再继续做无用功了。"

我想我爸去北京爬长城的愿望也落空了,他肯定会骂我做事情三分热度,一辈子都成不了事,结果他沉默了一会儿,轻松地说:"那就不写了呗,都说出名要趁早,你看看你都二十多了,也没出名啊,这充其量就是你的兴趣。不过你也体验了当作者的滋味了,书没白读,路也没有白走。"

我听后,舒了一口气,就这样心安理得地搁置了写作。那段时间,我像一条咸鱼,每天除了上班,就是刷剧,没有任何梦想。我爸见到我,绝口不提写作,也不问我看了什么书,只是聊聊生活,仅此而已。

有一天,我突然有种虚无感,觉得人生就这样的话太没有意思了,我好像从来都没有拼尽全力做好过一件事情啊。我觉得,这才是青春中最遗憾的事。

我跟我爸说,我还是不甘心,想辞职写作,这次我想拼一把,如果一年下来一事无成,我就不妄想了。

我以为我爸会劝我审时度势,开始都没写好,现在也别折腾了。可他却说:"辞职吧,一年算什么?一晃就过去了,但是为自己的梦想试一试,才是最珍贵的,你这一年,要是靠写作没有收入,我养你啊。"

于是,我又开始拿起了笔。那时,自媒体爆火,我创建了自己的公众号,也是在那时,我爸才有了朋友圈。我的每一篇文章,都被他搬运到了自己的朋友圈,我的每一个关于写作的动态,他都会点个赞。

其实,我也抱怨过,人生的路,他不曾给我指引,甚至什么都让我自己决定,可是没有阅历的我,又哪里懂得选择的后果和代价?

后来,有一次他喝醉了之后告诉我:我小时候就是一个心思细腻的人,所以他觉得我一定能写出些成绩的。他也不知道,一直让我自己做主,是对是错。他也后悔过,如果当年鼓励我写下去,如今我是不是发展得更好。可是他那时觉得,相比于事业有成,女孩子开心最重要啊。

也是在那一瞬间,我理解了我爸的"摆烂",也许人生总有遗憾,后来的事,谁又说得准呢?他也是第一次为人父母,不知道什么才是最好的选择,但是他知道,在我为自己的人生做主的那一刻,一定是开心的。

 其实,馄饨不是饺子

十岁那年的暑假,母亲因为工作忙碌,把我送到了乡下的外婆家。

母亲骑着自行车,前面载着肉和菜,后面载着我,还喋喋不休地说:"要听话,要懂事,才会被外婆喜欢。"母亲虽然只是随便说说,却让坐在自行车后的我,有了一种寄人篱下的感觉。

母亲走后,外婆看了看带来的肉,说买了这么多,天热也不好放,不如晚上包饺子吧。

那一天,我非常开心,不仅是因为要吃饺子,还因为我会包好几种样式的饺子。那样我就可以在外婆面前展示,她就会夸我是个聪明的孩子了。

吃过午饭,外婆就要准备剁肉了,她还问我:"灵灵喜欢吃什么样的饺子啊?"我说:"我喜欢吃瘦肉馅儿的。"外婆笑了笑说:"纯瘦肉的可不好吃,得有肥

肉才好吃呢。"然后，她割下了那块肉上最肥的部分。

尽管心里很不理解，胆小的我却不敢反驳，只能帮着外婆把一块块肥肉包进饺子皮，捏成元宝的形状，幻想着外婆有魔法，待这些饺子熟透后，会变得好吃。

饺子煮熟后，外婆先给我盛了一碗，我小心地咬了一口，等待奇迹发生。结果正好咬中一块肥肉，一阵反胃，赶紧吐了出来。

外婆问我怎么不吃了，还说着自己包的饺子是多么好吃。我只好说，我不爱吃饺子。外婆生气地说："现在的孩子啊，这么小就挑食，包了饺子结果不吃。"

当时一阵委屈冲上心头，小孩子都是不爱吃肥肉的啊，外婆为什么不按照我的意愿去做呢？也许她只是不喜欢我。

那个夏日，每次母亲打来电话，我都说我想回去，可她总说太忙。于是，我经常坐在院子里看云，一看就是半天，觉得云无所依，我也一样。晚风中，我比落日还孤独。

快开学的时候，母亲终于接我回家了，她仿佛觉得亏待了我，那天特意包了饺子。看到饺子，我就想到那油腻的肥肉，想到我不被理解的委屈，眼泪开始簌簌地往下落，那碗饺子吃着咸咸的。

我的心里有个窟窿，那是我对饺子的阴影，我觉得这辈子都弥补不了了。除此之外，还有我对母亲的不理解，为什么在她的心目中，工作比我重要？

母亲听我讲了事情的经过，沉默了一会儿，说了句："既然这样，以后就不吃饺子了吧。"

有一天，我在电视上看到别人吃馄饨，便问母亲："馄饨跟饺子一样吗？"母亲想想说："馄饨就是纯瘦肉馅儿的饺子。"

于是，母亲买来瘦肉，剁碎后加上香葱和鸡蛋，再加上料酒和食盐，最后又加了一勺香油。接着，我们一起用面皮捏成元宝形状，馄饨便包好了。煮熟后，我尝了一个，馄饨好吃。

从此，我爱上了馄饨，饺子也消失在了我家的餐桌上。

十八岁那年，我初去合肥上大学，除了想家，内心更多了一种自卑。我的普通话不好，穿着也很土，性格也不太合群，这再也不是我听话懂事就能解决的。

有一次，我独自游荡在学校附近的美食街，看了半天，都不知道吃什么。突然，一个红色的帐篷吸引了我，上面写着"馄饨"，我像是看到了老乡一样，十分亲切。老板是个四十岁上下的阿姨，笑着让我进里面坐。

我等待着老板给我端来一碗如元宝一般的馄饨,让我尝到家乡的味道。然而,等馄饨端上来时,我却愣住了。馄饨皮薄如蝉翼,还透着肉的粉红色,宛若游鱼一样卧在碗里,与我在家乡吃的完全不同。

我还质疑了老板,馄饨怎么长这个样子?老板解释说,也许是河南和安徽的馄饨不同吧。可是那碗馄饨还是让我想到了家乡。后来每个周末,我都会去她的店里吃上一碗馄饨。

渐渐地,我和老板也熟悉了起来,老板的老公在外打工,她有个女儿在上高中,还有个儿子,正在上小学。周末的时候,那个男孩在店里做作业,经常拿着数学题问我。那些题对我来说太简单了,我看一眼就能说出答案,老板连夸我厉害。我仿佛在这里,找到了久违的自信。

老板对我也很好,每次都会说快关店了,或是卖不掉了,多送我一个鸡蛋,或者一根香肠。不知道是不是我的胃口变小了,明明是小份的馄饨,但每次都能把我吃撑。

突然有一天,老板说她马上要搬走了,据说学校附近的这块空地要推平建新的大学,还有商业街,她边说边叹气。我才知道,老板之所以开大排档,就是想赚钱的同时还能带孩子,若是大排档不在了,她便无法兼顾孩子,只能出去打工赚钱了。那一刻,我突然理解了当年的母亲。

那些大排档真的消失了,有次周末我路过那里,看见几辆推土机来来回回,那条路很快便被推平了。后来几年那里都是建筑工地的状态,不知道要建什么,但一直在建。有时候我听到声音,还会想起那个老板,不知道她有没有安顿好,孩子的数学题现在问谁呢?

后来,我吃过很多家馄饨,都没有她家的味道好,也没有她家的分量足。我才知道,那多出来的馄饨,是她对一个异乡人的关心。

每次回老家,母亲依旧会问我想不想吃馄饨。有时候,她甚至将馅儿剁好让我带着,我买皮自己包即可。她一直没有离开过小镇,每天只知道围着家庭转,围着孩子转,她没有出去见过外面的馄饨是什么样的。她不知道,馄饨根本就不是饺子。但也许她一直都知道,只是不想让我对一种食物怀有芥蒂罢了。

其实,馄饨是不是饺子已经变得不重要了。重要的是,那些善意已经驱散了我内心的阴霾,让那些词都有了温度。仿佛每个馄饨里,都住着一份静悄悄的爱。

 ## 夏日西瓜似月牙

夏天,是从月牙形的西瓜开始的。

小时候,我不懂时令,当家里切开第一个西瓜时,我便知道夏天来了。接下来的时光,仿佛都浸泡在西瓜的汁水里,甜腻腻的。

在乡下,每家每户都会留一块地种西瓜,姥爷家也不例外。吃罢午饭,我和弟弟开始午睡,姥爷便会去瓜地里摘上两个新鲜的西瓜。

姥爷先把西瓜放在井水里冰镇着,待我们午觉醒来,便开始切西瓜。小时候,我觉得吐西瓜籽儿太麻烦了,好希望西瓜没有籽儿,姥姥都会说:"这籽儿就是西瓜的种子啊。"我听了,突然想拥有自己的西瓜地。于是,我总喜欢挑籽儿多的西瓜吃,即使天再热,我也会蹲在院子的空地上,把籽儿都吐在泥土上,还吐得极为规则,幻想着不久以后,我便可以实现西瓜自由了。

有一次，我不小心吃了一颗籽儿，心里害怕极了，我甚至不敢喝水，害怕它会在肚子里生根发芽，晚上睡觉都要摸着肚子。那时，小小的西瓜里不光有希望，也藏着淡淡的忧伤。

但这忧伤，又很快被别的热情淹没。

夏日的夜晚，大家都在大路上乘凉，乡下没有车马喧闹，有的只是月夜银辉、树影错落、萤虫飞舞。大人在聊天，小孩在奔跑，原本是乘凉，我却总是满头大汗。每次姥姥都生气地说，下次不带我出来了，可是她每次都食言。

其实到现在我都不知道，那时在月光下你追我赶，是为了什么。只觉得少年该是风的模样，像叶子一样，哗啦啦地笑，再哗啦啦地在月光下跳。

西瓜过夜便不好吃了，乘凉回去后，姥爷又会把白天吃剩下的西瓜切了。只可惜姥爷总说西瓜性凉，不允许我吃太多，每次都只是给我切上小小的一块。看着那块弯弯的西瓜，再看看天上的圆月，我问姥爷："什么时候我才能吃上像月亮般圆圆的大西瓜？"姥爷总说："长大了就可以了。"我在心里想，一定要快快长大啊。

可是长大后，我回到了镇上。镇上的夏天，总喜欢在晚上停电。但父亲会提前在冰箱里冰上半个西瓜，来慰藉那无聊燥热的夏夜。

那时的月光总是格外亮,像是永远都不会停电的灯。待到晚上乘凉的人都出来,父亲便把西瓜切了,和街坊邻居一起吃。大人们摇着蒲扇,吃着西瓜,还要讨论着哪个瓜农的西瓜最甜。

那会儿镇上还没有超市,只有那些走街串巷的瓜农,走到哪里卖到哪里。他们大多是拉着架子车步行,在屋里听到吆喝声,出来也总能赶上。有时候父亲看见正晌午还在卖瓜的瓜农,都会买上一麻袋。隔壁的邻居听见,也会凑过去,问瓜怎样。父亲从来都不会说别人的瓜不好,只是一顿夸,说瓜好得很啊。邻居都会调侃他,好像你吃过啊。说完也起哄般地买一麻袋回去。

天热,西瓜才好卖,天气凉了,西瓜反而卖不掉。所以,西瓜的叫卖声大都在中午,我那时还纳闷,他们都不怕热吗?也是多年后才明白,这是瓜农们的人生哲学。

待到暑热退去,西瓜不再甜了,夏天也像是一杯被岁月渐渐冲淡的糖水,失去了味道。我知道夏天也快要离开了,一同隐去的,还有街头的吆喝声。

后来姥爷去世,乡下的西瓜地无人打理,再也结不出一个西瓜。现在的西瓜大都是无籽瓜,也不知道种在哪里。我那做小瓜农的梦也随那西瓜藤一般，不知依附何处。

姥姥年龄也大了，不能吃甜食，于是我们一家人再也没有一起吃过西瓜。每当想到这些，我便想把曾经的甜，分一点给现在。

那时的西瓜弯弯，我听着大人们说着家长里短，期盼着长大；如今的西瓜圆圆，我却寻不到一条船，驶过回忆的港湾。

只是，文字似籽，已被我种满心田，随着夏日的风，也长出了句子般的藤条，慢慢地枝繁叶茂，妄想结出果实。我也在某个夜晚，敲打着文字，仿佛抱着一个西瓜走在月光倾泻的石板路上，下一秒就敲开了儿时的门扉。那时，我会兴奋地告诉姥爷，这是我用文字种的瓜，又大又甜，快把小的那块给我吧，就像小时候那样，西瓜弯弯，似月牙。

 栀子花开无须摘

1

大伯给我的印象,一直都是苍老的。

我爷爷有十个孩子,我爸是最小的,等到我出生的时候,大伯已经快五十岁了。因为一直在农村干活,他看起来更加苍老。

听我爸说,那时候家里很穷,兄弟姐妹又多,于是大伯没有读书,也没有结婚,一直在帮衬家里。等到我爸到了上学的年龄,大伯觉得一家子不能没有一个人识字,所以极力要求送我爸去上学。

就这样,我爸成了家里唯一一个上学的。我爸也不负大伯所望,从那个贫瘠的村子考上了师范,分配在了别的镇上当老师。

在外人眼里,我爸有了固定工作,还离开了这个贫

瘠的村子，是一件光宗耀祖的事，可是真正困难的生活才刚刚开始。

2

我爸和我妈结婚后，生活在学校分的一间三十平方米的宿舍里，没有田地，吃什么用什么全部得买，日子过得捉襟见肘。等到我出生后，日子更是一言难尽。后来又有了我弟，一家人根本住不下。于是我爸决定，必须得盖房子，那样在一个地方生活才有底气。

也是在那年，我的爷爷去世了，除了一间破土房，没有任何东西留给我们。我爸只好东拼西凑借了钱，盖了房子。可我们虽说是盖了新房子，其实就是打了地基，前面盖了两间房，楼上和后面都是空的。尽管如此，家里还是债台高筑，家里有个抽屉上了锁，锁着的不是金银财宝，而是欠条。记得那时妈妈经常在家里算账，算到后面就开始哭泣，说我们得不吃不喝还二十年，债才还得清。我爸听到这里就开始生气，他们就会吵架。

我妈觉得，仅凭我爸少得可怜的工资，肯定是不行的，但我爸算是"铁饭碗"，也犯不上辞职。于是她提出要去上班，外面工资高，说不定可以缓解家里的情况，只是我和我弟却成了让她头疼的问题。

爷爷奶奶都不在了，那时候又请不起保姆，于是我妈把全部希望寄托在了姥姥身上。她打电话给我姥姥，希望姥姥能帮忙照顾我们，可是我姥姥想也没想，就一口拒绝了。在姥姥的思想里，如果自己去帮女儿带孩子，说明女儿嫁得不好，自己也会被人说闲话。索性就不管。

燥热的蝉鸣，爸妈的争吵，成了那个夏天独有的记忆。甚至有时候我只是一点事情做得不好，就会被他们呵斥，他们有时也会在冷静下来后意识到不该把大人的情绪带给我，而对我面露尴尬的神色。只是后来，我们谁都不愿意再多说话了。

3

爷爷奶奶去世后，大伯成了家里的长辈。有一天，我爸想给大伯打电话，也许只是想找他聊聊天。

那时，大伯家还没有电话，电话要打到村头的小卖部，小卖部再去村里找人，然后再回电话。

过了半个钟头，电话响了，我爸在电话这头叹气，说到自己生活的难处，说到我妈要去打工，而他要上班，两个孩子不知道该怎么办，感觉自己走投无路，上了这么多年学，反而没有用。我大伯听了后，直接在电话里告诉我爸，给他一下午时间，把家里的鸡鸭田地安排好，第二天就过来。

我爸工作的学校，跟我的老家隔了二十多里地。第二天一大早，大伯就推着架子车出现在我家门口，车上带着米和菜。

他在村里住惯了，不会用电饭锅，不会用煤气灶，也从来没有带过孩子，但是他跟我爸妈说，他可以慢慢学。

我妈去了外地上班，虽然心有不安，但是也只能如此。

4

尽管这件事情，因为大伯的到来得到了解决，可是那段时间，我爸的脸色并不好看。下班了就帮忙洗衣服，打扫卫生，如果看见我在那里闲着，或者出去玩，就会说我。那时候，我觉得这个大房子还不如学校的宿舍呢，那时候我爸还没这么忙，周末的时候还会教我画画，给我讲故事，如今他的脑子里只有赚钱。

每个周末大伯都会回去,一方面是歇一歇,另一方面是回去看看家里的牲口,而且地也不能荒了。看到我家的情况后,他每周也要从家里带点菜过来。因为不舍得花钱,他依旧是走路,周五的晚上走回去,周日的晚上再走过来。

有一次,大伯带了一株栀子花过来,说是家里的菜地旁种的。在我的印象中,他才不会有那些生活情调,门口即使有一点点地方,也被种满了菜苗。

我想,他应该是认为我爸会喜欢。我爸当时是亲戚公认的才子,会写诗,会画画,应该会喜欢这种花的。那时候的院子还不是水泥地,他去后面的荒地挖了土,将栀子花种在了院子里。

有次我妈回来看到了,还嫌弃地说:"这栀子花肯定不会活,这么远运过来,而且我们的院子还背阴,又都没有闲心种花种草,只能看它自己的造化了。"

但是大伯什么菜都会种,何况是一株栀子花呢?花被打理得很好,第一年就开了好几朵。父亲把那几朵花摘下来,插在玻璃瓶里,放在我的书桌上。每次看见我在外玩耍,都要把我拉到书桌前,训斥我说,给我创造了这么好的学习环境,我却不认真读书。在他眼里,或许栀子花只属于有诗意的地方吧。

5

等到我弟渐渐大一点,就可以上托儿所了。我妈也觉得要为自己的以后打算,决定开始考编,那年她恰巧考上了教师,方便照顾我们,大伯才从我家离开。

大伯回去的那日,我爸说要送一送他,拿了当时家里剩下的一点钱给大伯,可大伯一分也没有收。我爸将钱往他口袋塞,他就往前面走,就这样拉拉扯扯走了很远的路。等我爸回来的时候,天已经很晚了,原来那天,他送了大伯十多里地,说了很多感激的话,等到天色渐晚,两人才分手。回来后,我爸看着我们说,长大了可要好好报答你大伯。

后来,我跟大伯的见面只是在每年年初的拜年时。那时的我们要坐公交车,再走上很远的路,绕上半天,是我记忆里的"长征"。有时候,正月雪还没化,车子不走,就只能靠步行,我爸和我妈在前面拎着大包小包引路,我和我弟跟跟跄跄地在后面跟着,走到后来双腿都没了知觉。遇到恶劣天气,若是要走访其他的亲戚,都是我爸一个人骑着自行车去。可是大伯家,我爸却要求我们一家人必须整整齐齐地去,一年都不能缺席。

大伯住在村子的最里面。冬天的村子里,有着坑坑洼洼的牛脚印，有着雪水混着泥土的泥巴，走在上面深一脚浅一脚，可是我爸宁愿背着我们，也一定要去。

我其他的伯伯和姑姑都结了婚，孩子也比较多，打工的打工，考学的考学，人气旺，所以后来混得也都不差。等到孩子长大后，有的在市里买了好几套房，有的在县城买了房，最差的，也在镇上盖了小别墅。只有大伯无儿无女，依旧是一间土房几亩地，他除了变得更老了，没有任何变化。但我爸依旧每年都会带我们过去，让他那冷清的土房子里，多了我和我弟的打闹，多了家长里短的热闹。我知道，这是我爸感谢他的方式。

6

经过十多年的努力，我爸妈终于把房子的债还清了，还花钱装修了房子。屋子里铺了瓷砖，院子里抹了水泥，但是唯独那个栀子花的地方，爸妈都心照不宣地没有动。后来，我爸找人在那里建了一个花坛。

栀子花每年都开，到了夏天，整个院子的风都是香的。我爸也渐渐恢复了文艺青年的情调，买了一把躺椅和一张竹桌放在院子里，清晨的时候，他就躺在椅子上，伴着花香，喝着毛尖，看着书。有时候，他还会把压枝头的花摘下来，养在花瓶里，摆在客厅里。每当看到我爸读书画画时恬然自得的表情，我这才相信，他确实认为文艺是一种享受。

可是大伯渐渐老了，老得走不动路，老得听不见声音，于是现在换成我爸妈每周往返于这段路上，像二十年前我的大伯一样，去照顾自己的亲人。

大伯八十岁那年，我家给他办了八十大寿，办得风风光光。我妈平常是个很节俭的人，那天却叫了所有的亲戚，订了最好的饭店，买了最大的蛋糕。那天晚上，她说她完成了一个在心里藏了二十年的心愿。二十年前她就想，如果有一天，我们家不再那么窘迫，一定要好好报答他。

7

我爸说，不管以后我们住在哪儿，镇上的房子都不能卖，因为那个房子见证了我们最苦最难的二十年，也见证了我们共同奋斗的二十年。我还知道，那是大伯的栀子花盛开的二十年。

如今，我再回镇上，依然能见到那院中的栀子花。每次临行，我爸还会招呼我，要不要带几朵栀子花。我竟然不忍心把它们从枝头摘下来，一方面是害怕天气炎热，花朵在我包里也是遭罪；一方面，我觉得它们就该留在我家的院子里啊。

其实我明白我爸的意思，他是希望我记住那些逝去的岁月。但是我却觉得，栀子花开无须摘，因为大伯的栀子花已经种在了我的心里。以后的路，我会像大伯一样善良，也会像父亲一样文艺。

 迟到的雪花

小时候，我最喜欢冬天。冬天有寒假，寒假会下雪，下雪天还有我的生日。

每到寒假，姥爷就会骑着自行车接我去乡下。冬天很冷，我坐在后面，经常裤腿跑上去一大截，寒风就那样刮着，等到了地方，脚踝处冻得发紫，我却全然不顾。条件好一些后，他买了一辆三轮车。我坐在露天的车厢里，身披一件花棉袄，露出两只小眼睛，晃晃悠悠地看着车子路过山坡，路过小桥，路过几只寒鸦，穿过几缕炊烟。

到了村子，姥姥早已在村头等着我。见到我后连忙握住我的手，然后感叹道："这孩子没有一点火力。"她把我的手放在手心里反复揉搓，而我总是挣脱掉，急不可耐地跑到村子里，去找小伙伴们玩。我们会找一块上冻的路面比赛滑冰。有时候，我们还会用石头砸开小

河的冰面,听下面哗啦啦的流水声。

每天早晨,姥姥都让姥爷在院子里弄好炭火,等到没有烟了再放进堂屋,晚上的时候再熄灭。不管我烤不烤,火都会烧着。

她起床的时候,会把我的衣服藏在被子里,或是放在炭火旁的板凳上。我醒了一喊她,她便从外面小跑过来,给我拿出暖和的衣服。穿好衣服后,她倒了热水给我洗脸,然后打开一瓶雅霜(一种护肤品)给我抹上。那些冬日的早晨,满屋子都是雅霜的香味。晚上我洗完澡,姥姥早已把热水袋放在我脚的位置,然后还要把我冰凉的手放在她的胸口捂着。

那时候,我只是感到暖和,却不知道那一个个冰冷而不自知的冬天,是姥姥一点点把我焐热的。

每逢年关,天空总是飘来雪花。因为我的生日靠近小年,所以很多次,我去姥姥家的第二天就是生日了。姥姥会在清晨做一碗长寿面,里面放白菜,还卧着荷包蛋。那时的厨房到堂屋中间有一个庭院,若是下雪,姥姥是从来都不让我去厨房的,说是怕我跑得太快滑倒,只招呼我在堂屋等着。我看着她捧着一碗面,穿过庭院,也穿过风雪,来到我的面前。她把面放在桌子上,桌子旁便是火炉,我趴在那里乖乖地吃面。外婆笑着,让我小心烫,她头发上的雪花,像星星一样,一闪一闪的。而那时的我以为,她也如吃面的我一样,并不觉得冷。

若是下雪,姥姥是无论如何也不会让我出去的。她会拿来一个板凳,放上果盘和茶水,让我边烤着火,边吃着零食。她也会时不时地把我的手放在手心揉搓着,企图把更多的温暖揉进我的身体。现在回想起来,农村的庭院,建得也好看,雪落在瓦片上,落在庭院里,好像一部电影。姥姥开始讲起她的小时候,据说那时候麻雀还很多,她每个下雪天都捕麻雀,她的声音有点像电影的旁白,带着岁月的厚重感。可是,那时的我心不在焉,又懂什么呢?

后来,我很少再去姥姥家,每年的生日,依旧有一场雪在等着我。那几年,我的手年年冻伤,还要去解方程式,去抄单词。外面的雪花落着,我却觉得悲伤到了极点,雪天的快乐也被学业的压力一点点消耗掉。我什么都不想玩,也不想去乡下,我害怕别人问我成绩,我是真的感觉到了冬天的寒冷。

因为姥姥年龄大了,也没能在往后的生日来看我。她只是在那一天打电话给母亲,说天气不好,自己已经走不了那么远的路了,不要忘记给我煮长寿面,毕竟一年只有一次。

后来姥爷去世,姥姥的身体也开始变差。她开始忘记很多事情,忘记很多人。那时候的我已经工作了,于是在一个阳光明媚的冬日,我决定去看她。

我想我必须在她遗忘我之前见到她。可是那天,我却忘记了去姥姥家的路。我想起最近几年我去姥姥家的次数,屈指可数,而且每次,我都在车里坐着打盹,全然没有去看这条路的变化。曾经的稻田变成了房子,曾经的房子又变成了马路,我站在一块田埂上,不知道该往哪里走,无措得像个孩子。

好不容易到了姥姥家,这间房子好像是时光的漏网之鱼,它依旧保留着很多年前的样子,破旧的门槛,低矮的厨房,还有姥姥迎接我时,握着我的手说的那句话,"这孩子没有一点火力"。

那晚,村庄安静极了。我像一块要慢慢结起的冰,躺在时光的河面上。往事像屋顶的风拂过我的脸,墙上的钟表像水滴般滴答滴答响,仿佛连时间都要被冻住。

第二天一早,姥姥给我端来一碗卧着荷包蛋的长寿面。刹那间,我的心如冬天的冰面,被一块石头猛地砸破了,然后记忆的河水开始哗啦啦地流着,倒退回以前的时光。

火炉还在,可自从姥爷去世后,火炉就再也没有燃烧过了。冬天还在,可自从我长大后,雅霜的香味就消失了。只有冷冷清清的灰尘,漂浮在屋子的上空,带来属于冬天的凄冷。我吃着面条,问她:"你还记得你以前给我讲大雪天捕麻雀吗?"她说她已经不记得了。我开始缓缓地讲过去的事情,就像她曾经讲给我听一样,可是,如今的她记性差得很,不知道是否还听得懂。

也许,她已经忘了,不是每个冬天我来的时候,都是我的生日。也许,她什么都记得,只是想弥补这些年她错过的生日。

那天居然有太阳,我看着姥姥头发上细碎的阳光,一闪一闪,如同瞥见了那多年前的雪。我突然想起多年前,姥姥从厨房端着一碗面,走过庭院,甚至面里还盛着雪花,我却全然忽略了。

那些雪花好像迟到了很多很多年,从很高很高的地方飘下,直到如今才轻轻落在我的心上。

第五章

风会吹开一朵花

关键词

友情　陪伴　成长　离别

我永远记得那个春夏秋冬，他路过我的面前，留下了年少的故事，只有那一阵风，吹开了我绽放的情绪。他走后，这朵花因为有了这阵风而开始盛开。那些别人不懂的情绪，时光都记得。

 ## 风会吹开一朵花

十五岁的夏季在知了声中渐渐远去,秋天慢慢到来,凤凰花开满了整个校园,我坐在窗前,看着人来人往,高中就这样开学了。

我没有奢望高中会遇见什么美好的事情,谁都不会激起我太大的兴趣,只盼着能守着一扇窗看花开花落就好了。

遇见他时,我还在一心一意地看手里的小说,他穿着黄衬衫在铃声响过后跑进来,我猛然抬头,还以为是走错班的同学,干净而又阳光。可接着他又抖抖手里拿着的成绩单自我介绍说他刚毕业,以后就是我们的语文老师了。

像所有老师一样,开学的第一件事是点名。我平时上课走神惯了,加上又是第一节课,依然不知道在想什么,他提到我的名字,叫了两声我才答到。他看看我,

然后又看看我的分数,说语文成绩还是不错的,是我们班里的第一。

我也不知道自己是如何鬼使神差地拿了第一,只知道自己的字虽不算好看,但还算娟秀,而且加上自己的乱侃,所有的空格都被自己填满了。

他与其他的老师不同,非常喜欢课外的东西,点完名后,便给我们读了一篇颇有讽刺意味的小说,同学们听后都笑开了,而我,坐在那里低着头一动不动。

我一直不爱热闹,如果说他们是花朵,碰见阳光恨不得马上去开放,那我顶多算是一个花蕾吧,遇见点微风和雨露都要试探地伸下身子,然后羞红了脸。

几次上课,他都能把幽默带给大家,课堂上总是充满欢声笑语,而我总是那样,好像感觉什么都不关自己的事情。有时偶尔会望望窗外风中的凤凰花,可是他却从来没有提醒过我,上课的时候不要望着窗外。

有一次晚自习,他路过我的桌子前说我的作文很有灵性。我用齐刘海下一双看不出任何表情的眼睛看着他,他没有再说话,离开了。

我是知道自己的,从小到大一直不合群,感觉热闹都是别人的,唯独不属于自己。我也很想告诉他,我那次的语文成绩只是个意外,我的生活如一潭死水,怎么可能泛起灵光呢？

很快到了高一的第一次月考，高中语文试卷前面有十二道选择题，三十六分，只记得我当时对了三道，扣了二十七分，加上其他的题扣分，我的语文成绩只是刚刚及格，这种成绩早已被淹没在班里。

对于那次考试的成绩他无疑是失望的，上课的时候他让我们自习，然后把每个同学叫上讲台，对于不能错不该错的试题，他会挨个提醒，每个人都是哭丧着一张脸下来。他叫到我的时候，我内心是害怕的，可还是给自己壮胆，其实我的水平就是这样的啊。

他叫到我的时候，没有发火，异常平静。他翻着我的试卷说，客观题做得有些差，主观题还好，自己看看吧。他把试卷交给我，我正欲回到座位时，却听见他轻叹了一口气，"明明是个有文学天赋的人，却不知道把握"。那声音很轻，却足够让我听见，那一句叹息，或许只有他的惋惜，却疼了我的心，甚至比那些认可更惊醒我。

那些所谓的你很有天赋啊，你很聪明啊，这些词从小到大老师都会对不同的同学说，不过是鼓励人的说辞罢了。可是那一声叹息，我是真的感觉到了那不是敷衍，而是对我的惋惜。

我虽然如此自卑，但我还是希望自己能变得更加优秀一些。我开始看各种文集，看到那些美丽的句子便摘抄下来，在每个清晨拿出来读，像炫耀自己的全部资产。

我不喜欢和别人一起玩耍，每到体育课的时候，同学们出去打球跳绳，我就在教室里写写画画。有一次，隔壁班恰巧也是他的语文课，他从窗前走过，看见我一个人在教室里，进来问我怎么不出去玩，我不答，他也会笑笑离开。此时我本子上的花已逐渐成形，我想有一天，我也会像那笔下的花一样，娇羞地，一发不可收拾地盛开。

我的成绩渐渐稳定下来，可是他却不再如以前那样经常地夸奖我了，我开始渴求他的表扬，希望淹没那一声叹息。我在课前预习他可能会讲到的每一个知识点，只为那一个赞赏的眼光；我在课后背完了很多古诗词、看完了许多小说，只为能和他旗鼓相当。那时只感觉头脑是喂不饱的饿狼，一直往里面塞着一个又一个的故事。

他当然是欣慰的，可是他不说，但我懂，我越长大，我的灵性就会越来越多。

我一直以为故事会如此继续下去的，我会在他的教导下读很多的故事。可是他只教了我一年，便被借调到邻乡的学校。

他走的时候拍拍我说，你真的是我见过的写作很有灵性的女孩子，好好写吧，恐怕以后不能见面，但我还是希望能在书上看到你。

我那个时候还没有投稿的思想，身边也没有一两个文艺青年可供参考，我当时挺恨自己的慢节拍，我还没有发表过一篇文章来证明我的写作灵性，他便要走了。

自他走后，再没有哪个老师说我是个有写作灵性的人，他们都按照正常的模式教学，而我却开始叛逆，依旧按自己的写法去写作文，依旧在上课的时候看窗外。我开始更加努力地去看书，然后投稿，只是想快点让他的那些话实现。我选择相信他，相信我是个有灵性的人，只是因为学生那么多，他给了我独一无二的信任。

所有人都认为我是孤注一掷，语文再怎么看书也只有一百五十分，何必呢？可是我的目标不是那一百五，而是那所谓的写作灵性啊！

后来我开始不断地发稿，我的故事和别人的故事都被我变成了铅字，可是他却是我一直不忍触碰的故事。自高一一别，我再也没有见过他，也不敢去见他，我总感觉自己还不够成功，我的转身还不够优雅。

可是我一直不肯放弃，持续不断地去写文章，不声不响地投给那些校园刊物，只是希望这无声无息的努力，有一天能够被他看到。我想他也会给他们班的同学订刊物，他应该会看见我、认出我的。

我永远记得那个春夏秋冬，他路过我的窗前，路过我的青春，只是如一阵风，吹开了我这个花蕾。他走后，这朵花因为有了这阵风而开始盛开。那些别人不懂的情愫，时光都记得。

 ## 她是一堂离别课

那个女孩,留着厚厚的刘海,披着飘逸的长发,即使下课了也不与旁边的人说话,好像藏着一整个青春的心事。这是我对她的第一印象。

她叫陆兰溪,是我的同桌。人如其名,她也好似空谷幽兰,山间小溪,安静地待在不起眼的位置,一点也不喧哗。但是,同学们从来不会忽略她的存在,因为她会画画。

每次班里要出黑板报的时候,老师便会点名让她画画。无论是风景,还是人物,她总能带给人惊喜。

虽然我们才刚上高中,她却显得格外成熟。她不会跟女孩子一起打闹,也不会跟男孩子拉拉扯扯,更不会像有的人,有一点才华就恨不得昭告天下。我们也很少看到她的喜怒哀乐,因为她的头发,总是把脸遮住一半。

我问她:"为什么不把头发扎起来?"她掀起额头

说:"才不要,我的额头好宽呢。"我掀起额头上的刘海,和她相视一笑。

就这样,我们成了朋友。

每次下课的时候,她就喜欢趴在课桌上偷偷看言情小说,我帮忙给她望风,老师来了就用胳膊肘碰碰她。那时候,班里女生热衷于讨论哪个男孩子最帅,每次我问她,她都摇摇头,指着自己的言情小说,说她心目中的帅哥在那里。

而我却总认为,我也能创造这些故事。有一天,也许会有很多如她这般的女生,在课间看我写的小说。

她喜欢在数学课上画小说里的那些插图。下课后她告诉我,小说里的女孩,都是飘逸的长发,肯定不会是死气沉沉的低马尾。于是,我按照她说的来构思我文章中的女主角,大眼睛,长睫毛,瀑布一样的长发,而且都喜欢穿长裙。

我找了个笔记本,开始写自己的连载小说,写完一节就拿给她看。每一节留一处空白,她都会在空白处,根据文章画上插图。久而久之,一个笔记本写完了,那成了属于我们俩的连载小说。作者是我,插画师是她,我们还幻想着,有一天它能出版,我们就能举办一场盛大的签售会。

第五章 · 风会吹开一朵花

高三的时候,她决定走艺术这条路,便去学了美术。因为艺考和她画的那些漫画不同,所以她要学习很多新的东西,而在我们那个小县城,学艺术的学生并不太多。于是,她去市里报名参加了一个绘画集训班。

那时候,我们学校不允许用手机,于是我们开始写信,讲述各自的生活。她说,她参加的集训班开在一所大学附近,那所大学旁边有很多梧桐树,梧桐树开花了,香气四溢,整条街都香香的,要带我一起去赏花;她说,她认识了新的同学,才知道自己以前的画画都是小打小闹,一下子自卑了;她说,假如我们能考上同一所大学就好了。

尽管高三的时光很枯燥,我们还是在信中互相鼓励。我说,加油呀,考上大学,努力画画,你一定能成为插画家。她说,等你考上了大学,就能专心写小说了。

高三那年,因为我的文化课太差,所以我搁置了写作。我会在下了晚自习后,让自己沉浸在数学题里,可是,我的数学依旧很差。有时候我想,她一直在为自己的梦想奔跑着,画的画也越来越好,如溪水一般,流入更广阔的河流。而我在这边,成绩一塌糊涂,写作更是毫无起色,前途渺茫,如一条被堵住去路的小溪。会不会有一天,她成了画家,而我却永远也追不上她了?

高考结束，我们才真正放松下来，骑着自行车在山间的小路闲逛。累了就坐在小溪边，拿脚划着水。她问我，以后想干什么？我脱口而出，写很多很多的爱情故事啊。她说："那你一定要我给你画插画，这世界上也只有我，知道你喜欢什么样的男生和女生。"

　　我满口答应。那个时候，我还没发表过小说，天真地以为，小说的插画都是作者自己找的。我还在纠结，自己拙劣的文笔会不会配不上她的插画。她说，每个人都是一条小溪，往前奔跑，流向自己的大海。当时，我对于这句话似懂非懂，只想着，她的意思是告诫我，每个人都是独一无二的。日落西山，溪水潺潺，我们骑着自行车，消失在青春的黄昏中。

　　我没有想过，这是我们的最后一次见面。

　　后来，她去了北京的一所艺术院校，而我的成绩并不理想，去合肥学了新闻。地理很差的我，那时才明白地大物博的意思。

　　上了大学后，开始我们还联系。可是，不同的生活，不同的同学，不同的城市，我们能说的话越来越少了。高考前夕互相写信打气的激情，已不复存在。

　　后来微信盛行，QQ使用得也不再那么频繁，我们之间的联系更是少得可怜。直到有一次，我QQ被盗，联系人少了一大半,也分不清哪个是她。仿佛冥冥中自有注定,一种自卑夹杂着心酸的感觉冲上心头,我觉得我俩的缘分尽了。

大学期间,我看了很多杂志,每次看到杂志上男生女生的插图,我都会下意识地看一下插画师是谁。我依旧在日记本上写着自己的连载小说,幻想着有一天,我出版的小说中,能够有她的插画。

有一次,在大学的课堂上,老师说,新闻这个专业不能局限于书本,要去报社和电视台历练,生活处处是课堂,经历的人和事多了,你们才有成长。

我突然想起我们最后一次见面她说的话,每个人都是一条小溪,往前奔跑,流向自己的大海。

如果人生有很多堂课,那她仿佛是一堂离别课。这堂课告诉我:成长的路上,有些人即使说着一起走,也会因为身不由己而走上不同的道路,恰若河流有不同方向的分支,短暂的相逢,只为去往天南海北;但是,只要怀抱初心,总能奔向自己的星辰大海。

事到如今,每当我看到小溪,还是会想到她。潺潺流动,恰若她步履不停,静心打磨自己。即使在普通的地方,也有属于自己的光芒。

我想,我也应如此。

 一包烂草莓

春天的集市上有好多草莓,远远望去,红彤彤的草莓从篮子里探出小脑袋,是我喜欢的样子。我打集市走过,在一个草莓摊旁停下了步子。

爸爸说,你快去上学吧,等周末的时候给你买。

我虽然是一个二年级的学生,却有自己的判断。我知道,草莓的摊位都是流动的,而且只在清晨出现,草莓怕晒,过了中午便收摊了。如果现在不买,那指定就没机会了。

我站在草莓摊旁,脚像被胶水粘住了一样,一动不动。我坚决地告诉爸爸,如果今天不买,我就不去上学。眼看着上学快迟到了,爸爸只好买了一斤。

爸爸说,他把草莓带回家,等我放学回去吃。但是我不放心,我想,从清晨到傍晚,一天多漫长啊,万一他把草莓吃完了怎么办?即使他不吃,路上遇到了

熟人,他把草莓分光了怎么办?父亲拗不过我,只好同意。

我把它们放进书包,抱着书包就往学校的方向跑去。小时候的我很固执,就像风一样,一直往前吹,不愿意回头。

因为学校不允许在课间吃零食,所以我根本不敢拿出来。我会在上数学课的时候,把手伸进书包里,摸一摸草莓,感受一下草莓的柔软。我会在上语文课的时候,把头伸进书包里,嗅一嗅草莓的香味。一想到晚上可以吃到草莓,我就满心荡漾,教室里连空气都是甜的。

放学后,我抱着书包就兴冲冲地往家跑,像奔赴一场重要的约会。那天的风是暖的,我甚至觉得我奔跑在一片田野上,我跑到哪里,花就开到哪里。原本四十分钟的路程,不到半个小时我就到家了。

回家后,我迫不及待地打开书包,想要去清洗草莓,结果发现草莓全烂了,没有一个是完整的。我想起奔跑时的喜悦,却不知道草莓在我的书包里早已头破血流。那是我第一次看到漂亮的草莓在我面前变成一摊烂泥。我伤心极了。

爸爸在旁边说:"我就知道是这样的结果,草莓这东西不能挤,不能压,更不能闷。你不听劝,结果成了这个样子。"

后来的日子,我不再那么倔强,生怕自己不合时宜的固执变成一种伤害。

时间慢慢漫过脚背,转眼间,我已成了一名高一的学生。我遇到了同桌小丽,她的性格像风一样,果断决绝。

她长得很漂亮,学习也好,在我的印象里,她会上一所很好的大学,谈一场令人羡慕的恋爱。突然有一天,她告诉我,她喜欢上了班里的一个男孩。我告诉她,等到毕业吧,现在我们还小呢。

可是她太固执了,任谁劝也不听。她开始约会,成绩也如徐徐降落的蝴蝶一般,慢慢下坠。她却全然不在乎,只和我讲她那段感情的美好。初恋是美好的,好像一场春风,吹开了她心中所有的花。可是校园的恋爱充满了变数。

这件事情很快被老师发现。学校通报批评,老师也开导教育,可是那时候的她,觉得自己是为爱冲锋的勇士,想要为了爱与全世界为敌。后来男孩退学,她也仿佛变成了一只要冬眠的蝴蝶,失去了生命力。她也渐渐觉得上学是一种煎熬,只得退学了。

还记得她离开学校的那天，我去送她。外面落了很多叶子，她穿着驼色的大衣行走在落叶里，我跟在她身后，秋风就那样灌进我们彼此的年华。

小丽后来怎么样了，没人知道真正的结局。直到有一年，我在街上碰到了小丽。我问她，有没有和那个男孩在一起？她摇摇头说，退学后，家里送她去打工，她和那个男孩就再也没有联系过。

我的心咯噔一下，想起了曾经的夏日，她喋喋不休，诉说着感情的美好。那天，我们在风里站了许久，那是冬天的风，我们却不觉得冷。

后来，我总会想到草莓和女孩小丽。假如当年我听爸爸的话，把草莓放在家里，是不是草莓在我的记忆里就是最美的样子？假如小丽愿意把喜欢埋在心底，是不是青春就不会这样潦草收场？

年少的时候，我们总抱着自己的固执，以为我们的爱便是一切的正解。却忽略了不合时宜的偏执，只会把我们喜欢的事物越推越远。

如今，我依旧喜欢草莓，但是我不会再固执地把它塞进书包了。

神圣的巷子

后来,每次我路过那条巷子的时候,我都会想起我的小学时代。那段日子,既深刻,又令人怀念。

小学三年级,我们班换了一位新的语文老师。她的课讲得好不好,我已经忘了。我只知道,她曾经是我童年的噩梦。

她毕业后考到我们这个镇上来,对我们的语文素养特别不满意。凭着初任老师的一腔热血,她决定让我们好好学语文。

为此,她霸占了所有的课余时间要求我们学习语文。如果我们不愿意,她便会恶狠狠地训斥。她还喜欢占课,除了体育课、音乐课,有其他老师不上自习的,她也要占。因此,其他的老师并不喜欢她。甚至对于那些数学成绩较差的学生,她还会故意挖苦道:"我要去问问你们语文老师,是不是只学语文不学数学了。"

除了占课,她还喜欢拖堂。

有次放学,眼看外面都快下暴雨了,她还在屋里讲着近义词、反义词。我当时心急如焚,甚至摆好了动作,准备第一个冲出教室。可她硬生生拖了二十分钟才下课。等她放学后,家长们也是一片怨言。

可最让人难过的,是她的教学方法。只要是书上的课文,统统要背,背完她会在书上签个"背"字,等到一篇课文学完,书上还没有"背"字的学生,就要被罚站。

她的做法也激起了民愤。

一来是一些老师的不理解。他们觉得这个新教师没事找事,课标要求的背诵不就行了?为了博眼球简直疯了。

二来是一些家长不愿意。成绩好、背书快的同学,自然没有问题。而那些基础薄弱的同学,就成了老大难。学生们回去告诉家长,家长觉得这是欺负人,跑到学校来闹事。

最后,她没办法,只好不去过多要求那些基础薄弱的学生。

而我的父母是绝对不会找老师闹的,他们巴不得老师把我管得严一些,那样学得基础牢固。他们觉得,一个老师肯这么负责，是学生的幸运。

但我从未觉得这是一种幸运。

我小时候自尊心很强，觉得被罚站特别丢人。可是大概三天背一篇课文，就这样背一学期，谈何容易呢？我的数学还不好，还经常被数学老师留堂做题，每次回家天都黑了。吃完饭，做完堆积如山的作业，就快半夜了，还要洗漱休息，第二天要早起上自习。留给我背书的时间少之又少，我每天都觉得活得很艰难。

我还记得，很多个夜晚，爸爸会在桌子旁放条毛巾。因为我边背边哭，擦一把眼泪，再背，再接着哭。我觉得背书太难了。我爸说，这就像磨刀一样，背得越多，你就背得越快。可我就是背不快啊，只能熬时间来背。

第二天上学路上，我还要边走边试背诵。然后在早自习的时候，我会赶紧找老师背诵，以免拖得时间长了，自己又忘了。

唐僧取经九九八十一难，我数一数我的课文，有多少篇就有多少难。

有时候，因为早自习背书的学生太多，就排不到我。下课后，我又不敢去办公室找老师。假如第二天的早自习不是语文，等到上课的时候，我还没有背出来，就要罚站了。于是，老师说，她家就在学校旁边的第一个巷子口进去第一家,没背过来的同学可以在早自习之前去她家背。

我这种中等生,就加入了经常去老师家背书的阵营。甚至我会跟同学约着,在数学早自习之前,结伴去找老师背书。

我还记得,初夏的早晨,六点多钟,巷子里洒满金色的阳光。而我无心关注这些,只想赶紧把课本背完,拿到那个"背"字。

我们拿到那个签字,好像唐僧拿到了通关文牒一样,踏着朝阳高兴地往学校跑去。

后来,因为家长很不满意她的做法,觉得给孩子增加了太多的负担,就向校长举报,她便再也没有教过我们了。

可那些她教过的孩子,还是很怕她。不仅是因为她的严厉,还因为她根本不笑,天天一副"恨铁不成钢"的样子。

高中的时候,我和同学有一次偶遇到了她。当时,我下意识地拉着我的同学跑开了。我向同学介绍说,那个老师是魔鬼,天天让学生背书。

后来我去外地上学,而她一直都在那个小镇教书,听说她不再和以前那样"专制",现在的孩子金贵,学校也提倡课业减负,她也没有那么多的精力,天天让学生背书了。

有次在超市碰到她,她的目光也暗淡了不少,好像对岁月多了一丝无奈。我没有上前打招呼,她也没有认出我。十年过去,我已经发生了巨大的变化。而对于她来说,十年也许不过是脸上多了几道痕迹,心上平添几件旧事。

毕业后,有次回家,我听说了她得病去世的消息,一刹那百感交集。我突然想起我对她的印象,不在课堂上,而是那条巷子里。狭小的屋子,她边煮饭,边听我们背书。还有我背着书包,随着清晨的第一缕阳光,从这条巷子跑出,身上满是阳光,手里举着语文书。

我突然觉得又幸运又遗憾。就是在那个巷子里,我背熟了好多文章,知道了好多作家。我原可以告诉她,其实她那些年的坚持,已经在一个孩子心里埋下了种子。

但是我没有,我一直想着岁月还长,余生还久。

而她呢,是否也会想过自己的学生只是在暗暗努力,准备迎接破土的那一天呢?

后来,每当我路过那条巷子,我都能想起那位老师,心里充满了对她的敬意。而那条巷子,也在我的心中变得神圣起来。

# 君子报"仇",十年不晚

大概十年前的暑假,我在一家报社实习。因为实习没有工资,我又不好意思找家里要钱,所以开始寻找兼职。

我自诩是新闻系学生,又有一点文字功底,于是想找文案工作。没过多久,我就接到了第一份工作。那是我人生的第一个大单,当时别人给的报价,是我一个月的生活费。

在这之前,我刚刚开始发表文章,写一些"豆腐块",稿费大抵能够买件衣服,买点零食。没想到突然就能用稿费养活自己,我有一种前所未有的成就感。这个稿子于我而言,具有里程碑式的意义。

我打电话告知家人,父母一直都觉得我的写作就是小打小闹,不过是个兴趣而已,成不了什么气候的。因为这个单子,父母觉得我好像真的有天赋,还转变了

对我写作的态度。妈妈开始鼓励我："没想到这么快你就遇到你的伯乐了，可要好好写，对得起人家给的这些钱。"

我还记得，那是一篇关于茶叶的软文。可对于一个十八岁的女孩子来说，正是沉迷于奶茶的年龄，能懂多少茶文化呢？

我的家乡，虽然以茶出名，可是我从小生活的环境与茶无关。我住在镇上，没有见过茶山，也不了解茶的历史。除了来客人的时候，会给客人泡杯茶，除此以外，我与茶无任何交集。

但是，我怎么会愿意放掉这宝藏机会呢？

为了让文章充满古香古韵，我从《茶经》开始看，查了从古至今所有关于茶的诗词，希望能融入文案。为了了解茶，我顶着将近四十摄氏度的高温，跟一个朋友骑着摩托车去看茶山，只想去看一看茶树的样子。为了不在细节上出错，我买了一张二十一块钱的硬座火车票，在一个周末，坐火车去了朋友的茶艺店，拜师学艺。我恨不得自己化身一片茶叶，投入沸腾的水中，感受一片茶叶的一生。

我用毕生所学写完了那篇稿子。可那位老板看后并不满意，说茶叶要体现人文情怀，但这是软文，是广告,要引导客户。我又开始了修改。就这样反反复复好几次。改了又改,修了又修。到最后,人家也挑不出什么毛病了,只得尴尬地说,没有听说过我的名字。

我才明白,他打听到我还没毕业,也没有经验,本希望我在一次次改稿中自动放弃。只可惜,我毫不知情,越挫越勇。那篇稿子,耗费了我将近一个月的时间,因为没有任何合同,我一分钱都没有拿到,我的心血也付之东流。

原本觉得,即使不过稿,我也算是尽力了。可没想到竟是这样的原因,他的一句话,就否定了我的全部努力。

那个时候势单力薄,人微言轻,说他骗了我,不过是说与山听,无济于事。于是我发誓,等有一天,我能证明自己写得好的时候,一定让他高攀不上。而且我还暗自心想,一定要揭露他是不诚信的奸商,我要让他为这件事付出代价。

这篇稿子花费了我好多心血,在我心里,它是我努力培养起来的"孩子"。我不甘心,又把它投了出去,结果它成了我的第一篇"爆款"。文章发表后,好几家杂志转载,甚至还出现了被人直接复制过去换署名的现象。

这是个意外之喜，也让我意识到：写作的诀窍就是对每一篇文章都付诸百分百的精力，全身心投入。

有了这个收获，先前的不快也随着时间的流逝变得不值一提。

直到有一次，在一个饭局上，突然有人提到那位老板，说他们之间接下来有点合作，想通过身边人了解一下对方。

我仔细想，一瞬间想到了十年前。这个人我十年前就认识啊。这不就是我在等的机会吗？一雪前耻的机会。可是，我努力组织语言，想把他说得不堪，可却怎么也不能够，回忆更多的反而是自己，曾经发的誓，更像是一个勉励。一直到饭局结束，我都没有提到这件事。

我也在那一瞬间突然发现，生而为人，我们都在被人选择。也许当年，他也曾这样打听过我，发现大家对我一无所知，发现我不值一提，所以不管稿子好坏，就把我淘汰了。就如当下，别人也在打听他一般。平白只是一句话，可影响有多大，却不可知。

可是，谁不想被人坚定地选择和信任呢？

我经常看武侠剧里面，有些人为了寻仇，闭关修炼，最后武功天下无敌。但是真正等到寻仇的那一天，又觉得自己赢是必然，再去打就有点欺负人了，所以一笑泯恩仇。

人生总会遭遇不平，你将不甘都化为"十年磨一剑"。如果不是当时存着一颗"君子报仇，十年不晚"的心，你可能早就放弃了努力。也正是如此，在这十年的"报仇"路上，我没放弃梦想，一直在充实自己。可到后来才发现，其实那修炼的不只是武功，还有一颗温柔的心啊。还能有比成为更好的自己，更爽快的"报仇"吗？

 ## 无名书店里的诗和远方

1

刚到合肥读大学的时候,有次逛街无意在城隍庙附近发现了一家无名书店。也许它是有名字的,只是名字不显眼而已,我便从来没有注意过。

书店在城隍庙附近的一排老房子中,又破又旧,像是存在于回忆里的一栋房子。书店只有十几平方米,用红纸在门口贴着"杂志特价",店里也没做装潢,除了几个书架,只有几张大桌子。桌子上堆满了过期杂志,甚至过道的地上堆的都是杂志。因为门一直敞开着,书架上的书,也蒙上了灰尘。

老板是个文艺青年,四十岁上下,常常戴着一副眼镜,坐在门口的柜台里。你走进他的书店,他也不会特别热情地和你攀谈,也不给你推荐,只顾看自己手里的

书，好似开这个书店就是图自己看书方便。我甚至怀疑书架上那些有点旧的书，都是他翻烂的。

书店里的杂志，基本是过期的。有去年的，前年的，几年前的……每本杂志都被重新标价，前年的一元一本，去年的两元一本，厚一些的纯文学期刊三元一本。这对当时的我来说，可谓是大便宜。

2

那时，我刚从一个小乡镇来到大城市，什么都是陌生的，什么也都是未知的。最让我流连忘返的，就是这个城市的书店了。

只可惜，学生时代的我并不富裕。那些精美的杂志刚出新刊就被光亮地摆在报刊亭里，因为囊中羞涩，我对比着哪一本名家多，或者喜欢的作者多，就买哪一本。

新华书店和图书中心，我也就是坐公交车去看看书，解解眼馋。即使看见一本心喜之书，第一眼看封面，第二眼就看封底，遇到定价太高的书，也会立马缩回手，装作不喜欢的样子离开。

而这个无名书店，给了我极大的安全感，起码我不会因为看到书的定价，就赶紧缩回了手。进去之后腰杆也直了，如果我愿意，我可以毫不犹豫地买一堆。再也不像在别的地方，还要假装不喜欢，来掩饰自己的窘迫。

3

每个周末，我就背着空书包，坐一段公交车到无名书店。甚至很多时候，我刻意错过空调车，为了省下一块钱。在我心里，因为路上享受一会儿空调而把一本杂志弄丢了，这在我的价值观里是万万划不来的，甚至还会给我带来深深的罪恶感，那对于我这样小肚鸡肠的人来说是久久不能释怀的。

有时候，我会在书店逗留一个下午。冬日的午后，透过敞开的大门，我能看见空气中的粉尘，在阳光下一闪一闪。我偶尔也能看到老板那臃肿的黑色羽绒服，一片跑出来的白色羽绒在阳光下飞舞。

我就在那小小的书店里席地而坐，啃着书便不动了。若是乏了，偶尔抬头，看看门外的阳光，看看门口的老板，有人陪伴读书的温暖，便充斥着心间。

学校在郊区，在夕阳还未落下时，我会挑选自己喜欢的杂志，每次二十元钱装满一书包，去赶回学校的公交车。走出书店的那一刻，觉得自己肩膀上背的，是沉甸甸的梦想，眼里有的，满是对未来的期望。

4

无名书店里没有音乐，也没有嘈杂的人声。它隐蔽在那个繁华的街市，偏安一隅，好像在那里，时间都停止了，甚至在不断倒退……我也好像一个不断往后跑的人，有时候看到杂志上那些过时的热点，我也会开始回忆那些存留在记忆里的事情。

我在那里看到了太多出名的作家，他们曾经青涩的文笔，真诚的思想。当别人都在看他们红极一时的作品时，而我好像偏向静处寻，去看他们曾经少有人问津的作品。

我总觉得自己是个机智的人，文化哪里有过时的呢？我时常觉得文化就像一壶酒，时间越久远，越能品尝出甘甜。唯有禁得住岁月变迁和时代风霜的，才算是好文章啊。那些过期杂志，它们像一杯杯陈年美酒，而我这个贪婪之人喝了一杯又一杯，早已醉在那个曾经的世界里。

5

  这几年,书店越来越多,装潢精美,甚至里面还有茶水饮料、小吃零食,而我总觉得那只能算是消遣,算不上文化。如果让我嗑着瓜子看书,我断然是觉得不自在的。我觉得还不如席地而坐,一头扎进书里来得自在。

  我也去过很多文艺书店,觉得那只是一种文艺的生活方式。虽然不错,但我还是很怀念那个无名书店。

  几年后,我又回到合肥,城隍庙的那排小房子变成了高楼,无名书店也不见了踪影,它仿佛随着那些过期杂志留在了过去里。

  那晚,我在合肥的城隍庙附近闲逛,在昏暗的路灯下,只有报刊亭在风中闪着孤独的光,年迈的阿姨坐在里面热情地招呼我。那些杂志被整齐地摆着,昏暗的灯光下显得暗淡得很,我也不再像曾经那样,觉得每一本杂志都放着光在向我招手,我突然问了一句:"有过期杂志吗?"阿姨回道:"最新一期的都不好卖,何况过期的呢?"

  我随便挑选了两本杂志。没有犹豫着挑哪一本,也不再因为担心价格而去翻一本书的定价,可我却再也没了那时买过期杂志的快乐。岁月成了我永远也追赶不上的那辆公交车,而无名书店却被锁进了我的诗和远方。

谢谢你的信

1

你有多久没写信了呢？或者你的信，曾经寄给了谁呢？有没有一封信，可以让你追着它，找到曾经的自己？有没有一封信，让你曾经在晦涩的时光里看到光芒？而我有，我们用漫漫岁月写一封信，那封信，一写就是十年。

2

十年前，我还在上高中，写信成了校园里很流行的交流方式，会有女生把好看的信纸折成各种形状，送给心仪的男生。或者找邻校的同学交一个笔友，给无聊的校园生活增加点点涟漪。

而那个时候，我没有一个互寄信件的笔友。成绩不好,偏科严重,性格也比较孤僻,常常藏着许多小心思不愿意和旁人说。我用 QQ 空间写长长的文章,却又期待着有个人能懂我的那些心事。我的内心十分矛盾,自己锁上了门,又期待有个人,能翻墙来找我。

而他,是我在网上认识的第一个陌生人。他是某个海洋大学的学生,我们因为空间的文字相识。

3

我会在周末给他写一封信,吐槽学习的压力,以及自己不太满意的人际关系,而他总会隔一星期给我回一封信。有时候是一个故事,有时候是几句鼓励的话,但是从未停止。

每个周末,我回到家后的第一件事就是打开电脑看邮箱。我会用我的毕生所学,来吐槽成绩不好,怀疑自己。而他总说,能把吐槽自己写得这么文采飞扬的人,会差到哪儿去呢?

记得有一次我和他提到写作,我说我肯定写不好,作文的分也不算很高,想去学美术了。他给我回了长长的信,他告诉我,人能坚持做自己的爱好是多么幸福的事啊!这世间很多你不曾看到的景象,都藏在文字里。

4

我快高中毕业的时候,他也进入了实习期。第一次出海的时候,他拍了好看的日出,还有轮船,将照片发到我的邮箱。那个时候我在一个小镇,从来没有去过外地,更不知道大海是什么样子,那么大的轮船将要在哪里靠岸。他说,这辈子,一定要坐一次轮船,让它带着你穿过大海。那个时候,你就会发现个人的悲欢都不算什么。

是他,开阔了我的眼界,让我想做一个去全世界看看的人。

他说,到世界的方式有很多种,可以用我们的双脚去行走,也可以从书里去世界的各个角落,也可以写很多文字,让你的文字漂洋过海。

我一直期待,有一天他在大洋彼岸,途经书店买了一份报纸或者一本书,那里居然有我的文字,不知道那算是一种相遇,还是一种重逢?

5

后来我上了大学,他也如愿做了一名船长,真的去了世界的各个角落。

考上大学后,我的生活被各种社团、朋友充斥着,但我仍在一个个夜晚,做着一个码字工,慢慢构建自己的文字世界。可是他却开始忙碌起来,我们也没有再像从前那样认真地聊过天。但当我遇到问题或者伤心的时候,我仍会给他写一封信。我想象着他此刻又航行在哪片海上,多久才能靠岸。那个时候的我,就像在海边等待大人打鱼归来给我主持公道的孩子。

有时候,他会很快给我回信,但有时候,我要等上一个月,两个月……他曾告诉我,海上的日子是枯燥的,但是如果热爱就不会太无聊,有时候船要几个月才能靠岸,海上没有手机信号,只有靠岸的时候,才能在当地买电话卡和亲人通信报个平安。我想很多时候,他是与大海融为一体了。

他也会给我讲一些国外的事情,我要拿一张地图,才知道,他又去了哪里。他游荡在世界每个有海的地方,带着我的信件,把我所有的坏情绪,放在了途经的每片海中。

6

我仍然在每个不痛快的夜晚给他写着信,他也仍然在每个靠岸的白天给我回着信。在他的面前,我从来都没有长大,我是一个固执的、内敛的、自卑的小女孩,每次摔了跤之后,我需要他摸摸头,夸奖两句,甚至帮我拍拍身上的土,我才愿意爬起来继续走。

我们就靠着这样的通信方式,将这份牵挂延续了十年。

这十年里,我们没有打过一通电话,微信聊天更是寥寥无几。我们总是非常正式地,写一封信,辞藻丰富,文采飞扬,写完还要读上两遍,修改字词,我们总是把生活中的不如意写成了一封封的自荐信。

后来,写着写着自己都释怀了,我的那些不如意多么幽默啊!多么精致啊!我渐渐将自己变成了一个有趣的人。

7

人生能有几个十年?而这十年里,我从一个成绩不好的学生,变成了一个自信的战士。这十年,我所有快乐的瞬间他不曾参与，而我所有的心酸，都汇成文字，成了一条河流，缓缓流入他的大海。

有时候，我也会看我给他写的那些信，那些小女孩的措辞，可笑的情绪，才觉得他真是一个温柔的人啊。时光不老，他成了岁月给我的一封最温暖的信件。

我不知道他的样子，我也没听过他的声音，可每次给他写信的时候，我却觉得他仿佛就在我的面前，听我喋喋不休。而我还是那个十七岁的女孩，不自信，运气也不好，有一点矫揉造作，可是那又有什么关系呢？有时候，我又觉得好幸运，每写一封信，我都像对着四大洋七大洲呼唤他。而他行遍千山万水，还是愿意在网络的另一端，做一个给我解决世俗小问题的笔友。

是他让我明白，原来真的有人可以在另外一个人的时光里，车马很慢，时光也很慢。我们彼此用真诚写一封信，等待着我们成长，去看那星辰大海。而那一封封回信，温暖着我的岁月，甚至让我在以后遇到不如意的事情时，都以为是因为遇见他花光了我所有的好运。

8

我在自己的城市过着春夏秋冬,不知道他那里是否又吹起海风,不知道他的船是否已经靠岸。我们不曾相见,却又觉得在信里见了千万次。在这个信息飞速的年代,在这个结束比开始还快的年代,在这个告别没有任何仪式的年代,却用书信经营一段友情好多年。

他像一艘轮船,上面载满我的信件,已然去了全世界。而在那个最好的十年,他做了我青春的树洞,也做了我人生的灯塔。当往事随风,那些心上的愁绪都飘散了,但我仍记得那时的我啊,低着头,像一汪暗淡的死水;而他好似一道光,照在我的水面,让我泛起粼粼波光,而我却误以为那是我自己的颜色,喜不自胜。

此去经年,我将不断地为自己开垦渠道,让一条条细流汇入我体内,使我焕发生机;我将不断地种花种草,渴望我看起来丰盈茂盛。他已驶着船去了更大的海,而我将以自己的姿态,缓慢却执着地,去流经他去过的海域。

我执着地相信我写的那些信件,总能替我在下一个海岸,与他相逢。

图书在版编目（CIP）数据

风会吹开一朵花 / 李柏林著 . -- 北京：朝华出版社，2024.8. -- ISBN 978-7-5054-5478-1

Ⅰ . I267

中国国家版本馆 CIP 数据核字第 2024ZS7726 号

风会吹开一朵花

作　　者	李柏林
选题策划	范　娟
责任编辑	张佣然
责任印制	陆竞赢
封面设计	DARAY

出版发行	朝华出版社		
社　　址	北京市西城区百万庄大街 24 号	邮政编码	100037
订购电话	（010）68996522		
传　　真	（010）88415258（发行部）		
联系版权	zhbq@cicg.org.cn		
网　　址	http://zhcb.cicg.org.cn		
印　　刷	三河市嘉科万达彩色印刷有限公司		
经　　销	全国新华书店		
开　　本	880mm×1230mm　1/32	字　数	148 千字
印　　张	8.25		
版　　次	2024 年 8 月第 1 版　2024 年 8 月第 1 次印刷		
装　　别	平		
书　　号	ISBN 978-7-5054-5478-1		
定　　价	69.80 元		

版权所有　翻印必究・印装有误　负责调换